청어詩人選 172

# 고래와 달

김세홍 시집

청어

## 서시

봄이면 반도에서 제일 먼저 매화가 핀다는
섬진강변 고향을 떠나온 지 43년이 흘렀다.
내가 태어나 가난한 어린시절을 살았던
고향집 부모, 형제, 친구들 지금도 어쩌다 꿈 속에서 보인다.
어찌 꿈엔들 잊을까.
늘 목마른 그리움의 대상이다.
공직 생활 33년을 하고 이제 퇴직이 2년여 남았다.
한평생 외길을 걸어오면서 한 우물을 판 나 자신에 대한
자랑스러운 박수의 의미로,
공직을 마무리 하면서 기념으로,
부끄러운 글이지만 첫 시집의 용기를 내어본다.
등단 후 함께 시밭을 일구어 온 수원문인협회, 시와늪문인협회,
이든문학회 문우님들과 시집이 나올 수 있도록 도움을 준 P 시인
님과 서평을 써주신 윤형돈 시인님, 박병두 문학평론가님, 김구슬
교수님, 배성근 시와늪문협 회장님께 감사드린다.
혹여, 시집을 읽는 사람들이 시를 통해 깨끗하고 넉넉해지며
고달픈 삶이 조금이나마 위로 받고 행복해지기를 바란다.


수원 팔달산 자락에서 김세홍

# 차례

해설_산문적인 잠언의 격조로 육화肉化된 체험의 시세계
    (첫 시집 『고래와 달』을 중심으로)_윤형돈

# 1부

눈 없는 물고기

# 해바라기

너를 향해 서 있는 것만으로도
나는 행복하다

네가 동쪽에서 서쪽으로 기우는 동안
너를 향한 내 가슴은 새까맣게 타들어 간다

한사람만 바라보고
한사람만 사랑하는데도
나의 하루해가 짧다

무엇을 바라겠는가
너를 바라보는 것만으로도
이렇게 행복한데

# 직선

직선에는 누구를 사랑할 때처럼 팽팽한
긴장감이 감겨 있다
꽉 조여진 열두 줄의 가야금은
누구의 손끝에서 튕김을 받고 싶어 적멸보궁에 들었다

굽은 산맥이 바다에 직선으로 눕는다

민달팽이 속을 빠져나온 굽은 선들이
지평선에 걸린다

유리벽을 여과 없이 통과하는 햇빛은
멀리서 별빛의 직선으로 내려온다
활시위를 떠난 큐피트 화살이 직선으로 날아가
사랑하는 이의 심장에 꽂히듯
한 사람만을 바라보는 눈은 직선 위에 있다

세상의 바람에 흔들리지 않고 고요한 뜨락에 피는
한 송이 사향장미처럼
우유부단하지 않고 산다는 것
살면서 올곧은 직선 하나 된다는 것

# 눈 없는 물고기

눈이 없다 하여 마음의 눈마저 없겠는가
어둡고 추운 심해에서 태어나
아직 한 번도 밤하늘에 별을 헤아려 본 적은 없으나
내 마음의 광야엔 언제나 갈대를 흔드는 바람이 불고
정열은 저녁노을처럼 붉게 타오른다
보는 것이 없으니 설움도 없고 미움도 없다

눈이 없다 하여 눈물마저 없겠는가
눈이 없다 하여 그리움마저 모르겠는가
파랑치는 푸른 물결 위에
나의 촉수는 천 리를 더듬을 수 있고
임의 허리를 끌어안을 수 있으니
더는 무엇을 바라랴

오 바다의 신 포세이돈이여
눈 없는 나에게 발광하는 몸짓과
바닷속을 들여다보는 혜안慧眼을 주신이여

# 길

너에게 가려고 잡초를 걷어내고 길 하나 내었다
너는 아슬이 멀리 있다
아직 아무도 가지 않은 길
길 위로 계절풍이 지나고
너는 언제나 꽃으로 다가온다
별 하나 아득히 빛나는 곳
지상의 모든 짙푸른 잎사귀들이
사금파리처럼 빛나는 까닭은 무엇일까
너는 별을 닮아 슬픔도 많지
지상의 모든 길은 너를 향해 흐르고
나의 길엔 언제나 바람이 분다
오늘밤 나는 또 어느 낙엽 지는 골짜기에서
너를 그리며 잠이 들런지

# 빈자리

그대 위해 빈자리 하나 비워둡니다
그대 떠나간 빈자리에
오늘은 가을비가 내립니다
바람이 꺾어버린 여린 나뭇잎들은
땅바닥에 팽게치듯 나뒹굴고
이제 막 가슴이 부풀어 오르는 봉숭아 꽃잎이
빗물에 젖고 있습니다

누군가를 사랑한다는 것은
늘 바람과 맞서는 것임을 압니다
빌딩 위에서 내려다보는 작은 거리에
저마다의 사연을 안은 얼굴들이
우산이 되고 강물이 되어 저문 시간 속으로 사라집니다

구월입니다
인생의 간이역 빈 의자에는 바람조차 머물지 않고
발자국 지워진 대합실엔
못이 빠져버린 손 때 묻은 빈 의자만
저문 시간 속에 누워 있습니다

그대 떠난 빈자리에도 가을이 왔습니다
이제 이곳에도 쓸쓸이 낙엽이 지고 겨울이 오면
손돌바람 몰아치는 눈보라 속
벙거지 모자에 숯검댕이 콧수염을 한 눈사람만
그대 떠난 빈자리 홀로 지킵니다

# 멀어짐에 대해

아침 햇살 은칼을 번쩍이며
산등성이 머리가 허옇게 센 억새를
베어버릴 듯 기세등등했지

어머니는 한겨울에도 샘가에 빨래 한 광주리 담아와
방망이를 치대며 고달픈 인생살이 푸념도 하고
한도 씻곤 했지

나무도 나이를 먹다 보면 가지 부러지는 아픔
어디 한두 번 겪는 일인가
여기저기 뚫린 구멍으로
남정네 기생집 드나들 듯
찬 강바람 숭숭 드나들고
겉은 멀쩡해 보여도 속은 문드러지지

기억 속을 걸어 나온 사람들 희미해지고
지천명 고개를 넘고 있을 친구들이
가끔은 죽어서 부고장을 보낸다
한 번쯤 앉았던 자리를 털고 일어나면
고독의 입자만 뿌옇게 날리고
침묵의 방 한 쪽에 촛불 하나 켜면
문설주에 긴 그림자 파르라니 홀로 흔들리는데

피를 나눈 형제자매도
이젠 중년의 잎새 듬성한 나무로 서서
가을 강변을 물들이고 있다

# 반달

내가 반쯤 가고
당신이 반쯤 와서
메마른 가슴팍 기슭에 꽃 한 송이 피었어라

품으러 가는 마음
안기러 오는 마음 만나
찌르레기 우는 가을 밤
별 하나 새겼어라

한 움큼 서로 어둠으로 만나
당신 앞에 섰을 때
반달로 떠서 만달로 차오르는 사랑이여

# 낙조

해가 지는 바다는
무슨 곡조가 그리 슬퍼 온통 핏빛인가

목숨줄 끊어지듯 절규하는 태양
가차 없이 목을 죄는 시간 속에
바다는 멍든 눈흘김으로 파르라니
일어섰다 부서진다

이별은 아름다워야 한다고
천만 번 이마를 부딪쳐 절벽을 깎는 거라고

낙조는 몸을 불살라
땅거미 속으로 사라진다

# 둥지

새들처럼 집을 짓고 살 수는 없을까
능구렁이 뱀이 올라올 수 없는 적당한 나뭇가지에
삭정이로 기둥을 세우고
갈대 허리 잘라 서까래를 깔고
억새꽃 허옇게 센 머리칼로 이불을 깔아
달빛 별빛 엮어 창을 내는 집

새소리로 방 청소를 하고
꽃피는 사월이면 진달래 향기
산머루 익어가는 칠월엔
산꿩이 알을 품고 뻐꾸기 우는 숲
구절초 고개짓하는 시월의 언덕에
갈바람 사방에서 불어오는 집

가끔은 조개구름도 들여다 보고
하느님이 흘리신 눈물도 받아 두는 집
살구빛 낮달과 그리움에 잠 못 드는 샛별이 뜨고
밤 하늘에 별을 세며 잠들어도 좋은 집

# 먼지

공기방울처럼 무게가 없다
무생물의 경계를 확장하며
물욕의 피를 빨아 먹고 사는 흡혈귀
침대 밑에 살다가
가끔은 창가에 나와 햇볕도 쬐고 바람도 쐰다

털어서 먼지 안 나는 사람 있을까
지능계 형사들이 범인의 증거를 찾을 때
툇마루나 방바닥 먼지 속에 희미한 발자국을
손전등으로 찾는 것처럼
때론 말없이 희미한 증거가 되는 존재

강물이 흐르며 오염된 물을 스스로 정화하듯
작은 먼지를 툭툭 털면서 살 수 밖에
먼저 살다간 모든 이들이 화석이 되지 못하고
먼지가 되었는지도 모르지만

먼지는 죽어서도 날아다닌다
태초의 우주는 가스와 먼지였지
진공청소기로 먼지를 빨아들이다
이 먼지들도 먼 훗날
언젠가는 별로 태어나겠지 생각하니
햇빛 속에 무수한 별들이 반짝인다

# 아버지의 와이셔츠

십여 년 전 아버지한테서 전화가 왔다
"교회에 나가기 시작했는데, 입고 갈 옷이 마땅찮으니
와이셔츠 하나 사서 보내라."고 하셨다
거참, 예전엔 장남인 형이 예수 믿는다고
나 죽으면 제사도 안 지낼 거냐고
귀싸대기를 때리시더니
이제 슬슬 저승 갈 준비를 하시나…
자식이 육남매인데 왜 나한테 전화를 했을까 생각하다
백화점에 들러 와이셔츠 두 벌과 넥타이 두 개를 사서
우체국 택배로 보내드렸다
살아생전 농사만 짓던 촌부라 하얀 와이셔츠를 받고
입이 귀에 걸리셨다는 소식을 들었다

사년 전 아버지가 돌아가시고 옷장을 정리하다
내가 사드렸던 와이셔츠 두 벌이 깨끗해 가져와 내가 입었다

지금도 와이셔츠를 볼 때마다
아버지를 기쁘게 해드리고 나도 가슴 뿌듯하게 해주는
옷이구나 하는 생각이 든다

늘 자식들에게
채송화, 물봉숭화처럼 착하게 살라 하시더니
지금은 어느 별 어느 하늘 아래 바람으로 잠드셨는지
아버지!
이제는 지게 안 지고 편안한 곳에서 잘 계시겠지요

# 섬진강

강바람 사이로 별빛이 내립니다
저만치 모퉁이 불 밝히고 서 있는 외등만
저린 발로 밤을 지새웁니다

시린 손으로 삭정이를 꺾던 누이야
우리가 살던 옛 동네 맑게 흐르던 개울물
푸른 보리가 자라던 시절
강아지풀 하롱하롱 졸던
섬진강 변이 눈감으면 보입니다

뒤란에 살구꽃, 복사꽃 흐드러지게 피고 져도
우리 집은 늘 가난했지만
무논에 개구리 밤새 울고
강변에 손톱 같은 패랭이꽃 지천으로 피는 동네
오뉴월 회화나무 꽃잎 눈송이로 날려 쌓이던 동구 밖
향그런 바람이 그립습니다

소 먹이러 가던 산비탈 굴참나무 숲
다람쥐와 부엉이바위에서 소나기를 피하던 어린 시절
섬진강변에서 올망졸망 별똥별을 줍던
솔방울 같은 향수가 초가지붕 박 넝쿨 따라 뻗어 갑니다

# 사과

썩어 문드러지기 전에 발그레 빛나는
내 볼을 만져주세요
당신의 그 큰 매부리코로 배고픈 짐승처럼 킁킁대며
내 향기를 맡아주세요
나는 당신의 식탁에 오르기까지
봄부터 가을까지 걸어왔소
햇살 맑은 날 보다
천둥과 벼락사이 비바람 견디는 날이 더 많았소
당신의 식탁에 한 접시 나를 썰어
달콤한 과즙과 꿀벌을 눈 멀게 했던 향을 발라 놓았소

어서 나를 드세요
그리고 부탁 하나 하겠소
척박하고 무딘 땅이라도 좋으니
까만 씨를 뱉어 주세요
그럼 난 내년에도 당신의 식탁을 풍성하게 하겠소
그동안 세상 잘 못 살았다고
내게 사과는 하지 마세요

# 당신의 강

때론 천 마디 말보다
멀리서 민들레 씨앗처럼 터져
바람결에 날아와 닿는 당신

해는 저물어 산 그림자 마을로 내려오면
혼자 말 못하고 강물처럼 출렁이다
쓸쓸히 저문 강으로 흘러가는 당신

낙화의 뜰마다
에고의 사랑 풀포기처럼 돋아나
연두빛 몸매로 저 뜰을 홀로 걸었을 당신

한 세월 다가기 전에
두견새는 가자고 울어 에는데
나도 저 개울물 소리 따라가면
당신의 강가에 가 닿을 수 있으려나

# 저 강에 가 물어보아라

인생이 무엇이냐고
어떻게 사는 것이 잘사는 거냐고
철학적으로 내게 묻지 말고
저 가을 강에 가 물어보아라

비 오는 날은 왜 술맛이 좋으냐고
귀뚜라미는 왜 달밤에 더 큰 소리로 우느냐고
내게 묻지 말고
물은 흐르지 않고 물소리만 청량한
저 비슬산 돌강에 가 물어보아라

우리나라가 왜 부패지수 세계 9위에 올랐느냐고
청년들이 왜 희망을 잃었느냐고
내게 따지듯이 묻지 말고
저 여의도 한강에 가 물어보아라

태백산 검룡소 샘물은 맑기만 한데
역류하지 않는 강은 말이 없고
내가 서 있는 바닥을 보고도 바닥이 어디냐고
내게 묻지 말고
햇살 사각으로 쏟아지는 봄 물든 강가에 가 물어 보아라

# 어머니의 재봉틀

바스락바스락 말라 비틀어진 낙엽을
한 땀 한 땀 박음질하던 손길
자신의 몸에 쌓인 적설량으로 추운 겨울을 나고
이른 봄 피던 雪中梅
수도꼭지 하나 없던 낡은 집
처마 끝 풍경소리 같은 희미한 오촉 전구가
술 취한 아버지를 맞이하고
마당귀 제철에 피고 지던 맨드라미
눈 먼 지팡이 세상을 더듬듯
힘줄 좋은 한은 삭아서 흘러가고
바늘귀에 실을 꿰며 자신의 손가락을 박음질 할 때
손가락 끝에 피던 붉은 나리꽃
문살에 창호지 새로 발라 등잔불 켜도
문풍지를 흔들며 등뼈를 깎고 가던 시린 바람소리
트라우마 환청을 울리는 전화벨 소리
주머니 없는 자신의 수의를 만들어 놓고
안개 바다에 홀로 떠 있는
한 척의 무동력 돛단배

# 단추

옷을 입듯 첫 단추를 채우는 것은
어쩌면 神의 영역일까
바람에 헝클어진 머리카락 같이
화가 치미는 날엔 단추 실밥 터지듯이
모든 일이 꼬인다
코끼리 등가죽을 기어오르는 개미처럼
우리의 생사를 알지 못한 채
언제 떨어질지 모르는 위태로운 삶
언제 떨어졌는지도 모르는 단추 자국처럼
흔적만 남는 삶

# 추락하는 것은 아름답다

잘 익은 살구나 복숭아가 스스로 제 살을 허물어
자신을 흙에 묻을 때
봄은 흙의 실핏줄을 타고 물 흐르는 소리로 온다

나뭇잎이 나무와 이별하는 순간은
슬픔 보다 찬란하다
만추晩秋의 강물에 주저 없이 몸을 던지는
추풍낙엽秋風落葉의 뒷모습은 성스럽다

하얀 눈밭에 머리 채 툭 지는 동백꽃이라고
왜 더 살고 싶지 않겠는가
그러나 꽃 진 꽃자리 마다 열매 맺기 위해
미련 없이 스스로 목을 꺾는다

내가 아니면 숲을 이루지 못한다고 생각하는 나무는 없다
내가 아니면 저 들녘에 꽃사태 없을 거라
생각하는 꽃은 없다

추운 겨울 날 외진 골목 모퉁이
김이 모락모락 나는 따뜻한 국밥집같이
갈 때를 아는 것은 얼마나 아름다운가

# 깊어지는 것에 대하여

툇마루에 두 손으로 도저히 감싸 안을 수 없는
갈별이 반짝인다
여름을 지나온 자리마다 무성한 댓잎 바람소리
묵정밭 기린초 숲 헤집는 도둑고양이
벌레 먹은 감잎에 산그늘 수심이 깊어간다

오가는 길섶에 꽃그늘 만들어 놓고
길손 쉬어 가라 부르는 배롱나무
이제는 그리움의 덧문을 닫을 시간
속절없이 저무는 가을에 나도 한 마디씩 늙어간다

일생을 호미처럼 밭고랑을 기며 살아온 팔순 노모
이미 낙엽 진 고목처럼 이마가 훤해지는 산등성이
오면 가는 것이라고
자연의 순리를 몸에 문신처럼 새겨 넣는다

열매 다 빼앗기고 냉랭한 바람 앞에
서 있는 나무를 보고
누가 잘 못 살았다 하겠는가
가을은 속절없이 깊어가는데
눈물은 왜 까닭 없이 많아지는가

# 이른 새벽에 다시 불러보는 것들

겨울 응달 눈밭에 피던 홍매화야
문설주에 일던 시린 손돌바람아
씁스름한 봄의 전령 달래, 냉이들아
봄볕 따라와 산골짜기에서
겨울 산의 뼈를 씻고 흐르던 눈 시린 냇물아
노란 송화가루 날리던 짙푸른 소나무들아
마을 앞들에 꿈처럼 피던 눈물어린 무지개야
뒷동산으로 별을 쪼러 가던 새떼들아
여름밤 마당 평상에 누워 보던 밤하늘의 잔별들아
섬진강 하류 모래 뻘에 살던 조개들아
배고플 때 사탕수수 꺾어 씹던 코흘리개 동무들아
돌각담 아래 길섶에 들찔레야
홰을 치며 새벽을 깨우던 수탉아
산비탈 언덕에 숨어 눈물 짓던 개망초야
낙엽지듯 빗나간 꿈의 계절아
활시위를 떠난 화살같이 써버린
나의 청춘아

# 햇새벽

소란스러운 어제가 깊은 잠에서 깨어나는 샐녘
잠든 세상 밖으로 새벽달 빈 길에 이지러지면
벽을 깨고 새롬으로 열어보는 窓

神은 청무우빛 신선한 하루를 선물한다
어제의 강물이 오늘의 강물이 아니듯
저 산등성이 억새 허옇게 센 머리채를 잡고
선들리는 동살을 보라 한다
이 날개란 같은 새벽을
새벽동자처럼 맛있게 요리해 보라 한다

때론, 우리네 인생도 찬비에 젖고
별들도 얼음 박힌 강물 위로 몸을 던지는 밤들이 오지만
흰눈 속 참대 같은 기상으로 일어나
새벽 강물에 몸을 씻고 밤새 어둠의 시간을 몰아내며
새벽으로 달려온
저 十二星座 반짝이는 눈을 보라 한다

神은 모든 이에게 공평하여
플랫폼을 빠져나가는 첫 기차의 힘찬 기적소리 같이
새물내 나는 새벽의 문을 열고
첫국밥 같은 시간을 밀고 나가 보라 한다

# 낙엽

1
저것은 누구의 통증입니까
흐려진 눈망울
벌레 먹고 검버섯 핀
저것은 누구의 설움덩이입니까
열매 다 빼앗기고도 누구도 탓하지 않는
저 찬란한 이별은 누구의 눈물입니까
계절의 후미진 골목에 먹다 버려진 빈 소주병같이
얼마나 더 나뒹굴어야 합니까


2
말라비틀어진 몸뚱이
빛바랜 세월의 뒤안길에
쓸쓸히 잊힌 여인이고 싶습니다
꽃피우던 시절
초록 잎사귀로 그늘을 드리우던 푸른 날도 저물어
나의 계절에도 가을이 깊었습니다
벌레 먹은 낙조, 실핏줄 터진 푸른 맥
그래도 잘 살았다고 자위합니다

이젠 눈물도 말랐습니다
이별도 아름다워야 한다고 생각합니다
홀로 눈 내리는 들판을 떠돌지라도
이제 냉정히 돌아서겠습니다

# 단풍

삶의 편린을 지우기 위해 산은 정수리부터
하루가 다르게 물감을 덧칠하며 내려온다
여름의 예식을 그리워 말자
쇠락한 영역의 한가운데를 모르핀처럼 지나온 나무들
강물은 자신이 흘러온 길을 기록하지 않는다
한 주먹의 채소가 내장을 통과하는 동안
한 방울의 붉은 피가 만들어지듯
가을산은 추억을 녹여 자신을 오색으로 물들인다
노송의 바늘잎이 주는 상록의광환光環
명징한 의식으로 눈 내리는 허허로운 벌판을 건너가는 굳은 심지
시간은 낙엽으로 흩어져 펨토초로 빠르게 흐르며
산에 단풍이 내려앉고
머잖아 올해도 첫눈이 오겠지

# 시계

마지막 열차가 도착하면 역 대기실에
고장 난 시계들이 하나 둘 모여든다
황소 불알 같은 시계는 있으나
태엽이 풀려버린 지 오래된 희망 잃은 눈
24시간 물고 뜯던 톱니바퀴는 닳아
힘없이 제자리에서 떨기만 할뿐
더는 돌아가지 않는 초침, 동공이 풀린 눈
보톡스 맞은 얼굴처럼 태엽을 조여보지만
늘어진 피부 여기저기 헐거워진 나사들
태어날 때부터 명품으로 휘장한 금수저들은
남아도는 24시간을 어떻게 쓸까
신은 우리에게 똑같은 시간을 주었으나
나는 빈 들녘에 피 같이 허비한 시간이 많았다
지금은 구름의 무게로 물의 등뼈를 휘어야 할 시간
바람이 눈을 가려도
저 별과 달이 뜨는 한 밤이 오듯
새벽 알람이 깨울 때까지
이제 조용히 눈 내리는 겨울 풍경 속
하얀 적막에 들 시간
금이 간 시간 위로 낙엽이 흩어진다

# 꽃 피우는 일

그녀가 한 떨기 꽃이었을 때
골 깊은 산골에 궁핍한 신접살림
꽃이 꽃을 낳고
세월 앞에 진정 자신은 마른 갈대로
시들어 가는 몸

달빛도 시드는 시름 깊은 가을 산 속
울음 깨문 입술은 빛바랜 낙엽 되고
꽃에도 체념의 시간은 있었을 것이다

가난을 데리고 들어간 움막에 매달린 노각처럼
주름진 세월에 몸도 삭아 깎이고
뼈마디 마다 통풍 앓는 몸도
한때는 꽃이었지

가랑비 주렴 너머로 생의 파문은 사라지고
푸성귀들이 문지르는 시간 속에 굽어 휘어진 몸
꽃 피우는 일이 어디 쉽겠는가

온 생을 바쳐 꽃 한 송이 피우다 짙어가는 황혼

# 2부

눈부처

# 당산나무

오랜 세월 풍상에 속이 썩어 없어진
당산나무 한 그루
상처를 시멘트로 외과수술을 받고
마을 앞에 서 있다
우듬지 흰 이마가 백발이 성성한 신선 같다
얼마큼 속을 비워야 바람 앞에 가벼워질 수 있을까
무념무상 해탈에 이른 목부처
거죽만 남은 수간樹幹으로 수액을 밀어 올려 잎을 틔운다
새가 부리로 지은 삭정이집에도 밤이면 별빛이 스며든다

동지섣달 긴긴밤 뺨을 얼리고 간 시린 바람
꽈리를 틀던 목울음 홀로 삼키며 얼음 박힌
마들가리 잠을 깰 때마다 흔들리던 어지럼증
잎새에 이는 작은 바람에도 생의 파문이 인다
돌탑을 쌓아 올리는 마을 사람들의 간절한 염원에
당산나무 죽어서도 장승 되어 마을을 지킨다

# 별당포

가난의 나무껍질을 입고 태어났을까
빈 호주머니 별사別辭의 울부짖음
저 별에 나를 저당 잡히면 얼마를 받을까
꽃 속에 호얏불 꺼지고
낙화의 긴 겨울밤
가난조차 외면한 외진 골목길 모퉁이
달빛 어둑발로 서쪽으로 기울면
주민등록증을 잡히고
참새구이 한 접시
나를 잡혀
술 한 잔
밤이면 그리움으로 날아가던 내 生의 푸른날
이젠 별도 지고
누구나 빌려 입는 바람의 말과
평생을 이어놓은 질문도 부질없고
저 별에 저당 잡힌 나를,
나는 끝내 찾지 못하네

# 강이 조약돌에게

낙엽 지니 강물도 말라 간다
거친 울음 흐르던 가을 강가
강이 낳은 조약돌
이 풍진 세상 밖으로 나온다

너희들은 천 년 물결로 빚었느니라
밤하늘에 빛나는 모든 별은 둥글단다
모나게 살지 말아라

화문석은 무문석을 잊지 말아라
너희는 한 강줄기에서 태어난 형제이니라
햇살과 바람과 노을은 공평하게 나눠 쓰거라
설산에 눈 녹거든
서로 부대끼며 온기를 전하거라
흐르는 강물에 먼 바다로 소식 전하거라
부디 행복하게 살아라

# 색을 품은 저수지

나를 눈 멀게 하는 집
저 잡아당기는 힘
난 색을 품을 줄도 모르는 무딘 가슴

초록이 불타버린 산
붉고 노란 명도와 채도가 덧칠된 채 밀고 내려와
저수지를 덮을 때까지
여린 단풍잎 색 바랜 비명을 듣지 못하고

오색 저수지 물 위에
불꽃처럼 푸슬푸슬 터지는데
가슴에 붉은 무늬 한 점 새기지 못한 채

나는 세끼 밥 먹는 일과
국 퍼먹는 일에 시간을 허비하고
저수지는 둑이 터지도록 검붉은 색을 품고
채색된 계절을 앓는다

# 사랑


이 세상
어디에 있어도

몸을 떨면서
N극과 S극을 가리키는 나침반처럼

내 마음은
오직 너에게로만 향한다

고요가 고요를 찾아가듯
네가 없는 곳엔 나도 없다

# 황혼

구겨진 오후를 한 잔 술로 달랠 때
마지막 잎새 술잔 속에 떨어진다
한때 애인의 입술을 가로질러 오던 갈바람
저무는 하늘 붉은 낙조
인생은 육십부터라고
늙은 느티나무는 혀끝에 초록을 말아 올린다

사람들은 모르지
마음은 늙지 않는다는 것을
물은 떨림으로 강가에 가 닿고
바람은 뼈로 현을 켠다는 것을
삶의 갈피마다 눈이 내리면
한 사람을 사랑하는 일이
꽃 피었다 지는 슬픔보다 더 깊다는 것을,
변방으로 떨어지는 나뭇잎보다 더 붉은 삶의 편린
헤어진 사랑 돌아와 램프등 켜는 밤에도
가을은 왜 그토록 찬란한 이별을 꿈꿔 왔는가

네가 둥글게 울어주기 전까지
나는 너를 위해
나뭇잎보다 붉게 울어주지 못했다
이제 너는 가고
초설 떨어지는 나의 밤은 길다

# 낙엽 2

뒷모습은 보이지 않기로 합시다
이별 앞에 흔들리지 않는 것이 없지만
이젠 손을 놓고 헤어집시다
이별은 또 다른 만남을 기약하는 것이거늘
붉은 한 잎 낙엽으로 흩어집시다
단풍별처럼 그리움을 간직한 채
첫눈이 오기 전에 이제 그만 여기서
아름다운 이별을 합시다

# 사막

나무가 없는 사막에 바람이 찾아온다
사막은 바람이 불어올 때마다
제 몸을 뒤집어 한 발자국씩 사막을 건넌다
달빛과 별빛, 죽은 짐승들의 등뼈를 엮어
사막은 모래성을 쌓는다
모래성은 한 점 바람 앞에 촛불처럼 맥없이 허물어진다

사막을 건너는 것은
돌이킬 수 없는 단 한 번의 모험
바람이 찍어 놓은 물결무늬
사막여우가 울던 모래 언덕에
또 하나 모험가의 생이 묻힌다

멍징한 의식도 허무의 노래가 되는 곳
찰라와 영원의 강이 흐르는 곳

목 타는 갈증 해소를 위해
사막은 제 몸 속 깊은 곳에 우물 하나 판다
두레박에 드리워진 삶의 편린들
지평선 끝에 걸린 일몰의 저녁으로 어둠이 깃든다

# 팥빙수

너의 혀로 별을 따오기 전에는
난, 한 방울의 물로 녹지 않을 거야

너의 따뜻한 손으로
차갑게 얼어붙은 내 가슴을
빙점 위로 끌어 올려 주기 전에는
한 발자국도 움직이지 않을 거야

빙설리에 홀로 소리쳐 피는 매화처럼
한 송이 얼음꽃이 될 때까지
너의 따뜻한 눈빛을 기다릴 거야

내가 달콤한 한 방울의 물로
너의 혀 끝에 닿을 수 있도록
내 곁에서 오래도록 따뜻하게 바라봐 줘야 해

# 서리꽃

너무 사랑해서 차가워진 밤
뜨겁게 손잡지 않으면 얼어붙은 새벽
붉게 익은 산수유 열매 나뭇가지 떠나지 않듯
또다시 혼자 마시는 술로 달래야 하는
밤이 찾아온다 해도
내 어찌 그대를 외면하겠는가

진눈깨비 퍼붓고 육모의 서릿발 땅을 치밀고 올라와
바람벽 문지르는 시간 창밖으로 밀어내며
그대 곁에 핀 한 송이 빙화氷花

빙설리에 홀로 터지는 슬픔
빙점 아래 서럽도록 맑은 눈
새벽에 차갑게 피어 아침 햇살에 시들고 마는
하룻밤 풋사랑

잎도 향기도 없이 오직 투명한 마음 하나
김서린 유리창에 기대 새벽을 달려온 그대
꽃 핀 마음 뚝 뚝 분지르며
오롯이 마음 다 줄 수 없는
그대의 눈 시린 사랑

# 고래와 달

아침이 되면 아버지는 파랑새 되어
어디론가 날아갔다가
어스름 내리는 골목길로 돌아오시곤 하셨지
오라는 곳은 없어도 백 리 밖까지
갈 때가 많은 상팔자셨지

아침이면 햇살에 벙그러지는 나팔꽃 밭으로
저녁이면 노란 달맞이 꽃밭으로
밤이 늦도록 밤이슬에 발목을 적시며
달 뜨는 개울 징검다리를 건너
낭만 취객 보릿고개를 잘도 넘으셨지

밥상에 밥이 식어가면
아랫목 이불 속에 밥을 넣어두고
국이 식어가면 화롯불에 데워가며
하얀 동치미 무우를 부엌칼로 싹둑싹둑 썰어가며
어머니는 새리 밖 발걸음 소리에
가시처럼 귀를 세우다가도
먼 산 부엉이도 잠드는 자시를 넘어서면
가로등도 어두운 골목 모퉁이를

발이 저리도록 불 밝히고 서서
푸석한 인생 꼬들꼬들해지는 새벽까지
가로등 밑에 달처럼 아버지를 기다리셨지

이제는 영락의 안식을 얻어
아버지는 어느 깊은 바닷속 고래 되어 잠드셨지
어머니는 희미해져 가는 가로등 아래
만월로 늘 기다리셨지

# 겨울밤

해 떨어지니 서산을 내려오던 산 그림자도 길을 잃는다
앞 강에 흔들리는 수심 깊은 달그림자
산사에 홀로 무너지는 범종 소리
인적 끊긴 적막한 산길에 홀로 우는 산새들
뫼를 지나는 찬바람에 삭정이가 꺾인다

초등이 걸린 아랫마을 상가喪家
터져 나오는 곡소리에 별빛이 슬프다
문상객이 지날 때마다
이웃집 개는 제집 손님인 양 컹컹 밤을 짖는다

무명초 잎사귀에 핀 하얀 서리꽃
급하게 산을 빠져나가는 계곡물 소리
윤회의 수레바퀴에 끌려간 넝쿨식물의 하얀 손
온몸이 깨어져도 강가로 치닫는 물결처럼
눈을 맞지 않아도 뼈가 얼어붙는 시린 겨울밤

# 눈부처

우듬지 가지가 휘도록 함박눈이 내려 쌓이면
눈은 자신의 심장을 마당 한가운데 꺼내 놓는다

눈이 오면 신나는 아이들
조막손으로 심장을 이리저리 데굴데굴 굴리다
발 없는 눈부처 만들어 대문 앞에 세워 둔다

아이들은 저마다의 생각에 잠겨
가슴 속에 품고 있던 부처 하나씩 꺼내
맑은 눈으로 만든다

벙거지 모자 씌우고
코는 비뚤어지고, 입은 찢어지게 귀에 걸어 놓고
눈 없는 눈엔 검은 숯등걸을 깊이 박아 넣는다

낙목한천 한 접시 촛불 켜는 밤이면
눈부처 목 없는 목소리로
새벽 예불 올린다

# 수직과 수평의 관계

수직으로 보면 꽃 한 송이 보이지 않더니
수평으로 보니 한 겨울에도 꽃이 보이네

수직으로 고개를 빳빳이 들었더니
주위 사람은 보이지 않고
별 볼일 없이 고개만 아프네

법은 만인 앞에 평등하듯
수평은 사람 위에 사람 없네

고래도 수평선 아래서 유유히 헤엄치고
빵을 만드는 밀이삭도 수평선 아래서 자라네

수직으로 살면은 언젠가 반드시 추락하지만
수평으로 살면은 언제나 평화의 강물이 흐른다네

그대가 삶의 눈높이를 수평으로 맞출 때
그대의 눈동자는 맑게 빛난다네

기차가 애락의 저녁을 싣고
수평의 레일 위를 달려오듯,
하얀 목련이 머리채 툭툭 지는 것도
수평을 그리워하기 때문이라네

모든 이들이 죽어서 갈 때
수평으로 누워서 간다네

# 겨울 강

돌멩이 힘껏 던지면
돌멩이 하나 받아 안지 못하고
강도 아닌 것이,
내리는 눈송이만 우걱우걱 받아먹는 것이
그래도 강이라고
말라비틀어진 갈대 허리를 잡고
강바람 불면 사르사르 연골 닳는 소리 낸다

허리 굽은 노파
요것이 건널 만큼 꽝꽝 얼었나 하고
눈 먼 지팡이 내려치며
강 옆구리 여기저기 찔러 보고
허옇게 핀 얼음꽃 깊이 보고야 강을 건넌다

육지인지
섬인지
삶의 눈물인지
돌멩이 던져보기 전까지
참새 발자국 하나 찍혀 있지 않은
물소리 죽은 침묵의 강이다

돌멩이 던져도 물수제비 뜨지 않고
저무는 강물 속에 눈썹달 뜨지 않지만
겨울 강은 봄을 위해
산파처럼 눈송이 잘도 받아 낸다

# 별박이세줄나비 애벌래 겨울비 발자취 거슬러 오르기

헐벗은 조팝나무가지에 겨울비가 내린다
눈도 뜨지 않은 별박이세줄나비 애벌래 고치집
빗방울 두드린다

별박이세줄나비 애벌래는 생각한다
대한大寒에 비라니…
겨울비는 어디서 왔을까

자작나무 숲에도 안개강이 흐른다
수 천 개의 강물이 바다로 흐른다
하늘 가득 비구름이 만들어진다
회오리바람이 몰아친다

별박이세줄나비 애벌래는 유전적 DNA를 기억한다

눈보라 치고 칼바람 부는 大寒을 잊어서는 안돼
봄 햇살에 조팝나무 연두빛 움틀 때까지
고치집을 나가서는 안 돼
눈 먼 계절에 속아서는 안 돼
지금 세상 밖으로 나가면 얼어 죽으니

# 비누

사각의 딱딱한 각질 속
향기로운 씨방
푸른곰팡이 씻어주는 아버지와 아들
등에 핀 보라빛 등꽃
라벤더향 은은한 탕 속
부끄럼 타는 바람의 속살
안개 바다 희미한 전등 아래
음각된 먼지 뒤덮인 알몸을 씻을 때
손등 터지듯 쩡쩡 얼음 갈라지는 세상
눈보라 얼룩 마른버짐 핀 피부
돋은 상처 씻어내 향기로운 하루

# 북극성

쌓인 함박눈 무게 이기지 못해
버들가지 부러지거나
바람의 힘을 빌려 쌓인 눈 털어낸다

북극성은 별자리를 수시로 확인한다

산비탈 다랑이밭 홍매 피는 봄에는
사자자리, 처녀자리

탱자나무 울 넘어 개똥벌레 날으는 여름에는
독수리자리, 거문고자리

벼 포기 잘려나간 빈 들녘 가을에는
페가수스자리, 남쪽물고기자리

채소밭 무 구덩이 속 노란 무순 올라오는 겨울에는
황소자리, 거문고자리

자신이 배 아파 낳은 자식 둘을 잃어버리고
밤이 깊도록 더 선명하게 보이는 별
두 개의 별을 가슴에 묻었다

귀 멀고 눈 먼 지팡이 세상을 더듬듯
남해 해파랑길 걸어와 일몰의 허기진 마음에
파랑치는 별바람 소리 들려준다

골진 지붕 처마 끝 고드름 달리고
들녘 시린 바람소리 가득한 정월

멀리 북극성 별빛 가늘게 흔들린다

# 사랑니

주렴 밖 성근 별
인생의 간이역에 눈부시게 찾아온 첫사랑

초원을 달리던 달덩이 같은 여인아
세월 따라 입맛도 변했나

푸성귀 대하듯 싸늘한 냉대
가맛바람 지나는 하늘가
울며 나르는 외기러기

마들가리 바람에 떨리듯
살 떨리는 목울음
살을 찢고 뼈를 쪼게 발치하는 서글픈 운명

# 어처구니

험난한 저 강을 무사히 건너야 하는데
뱃사공이 없다

한 끼의 밥을 만들기 위해서는
아가리에 거친 밀을 넣고
돌로 갈아야 한다

고인 물은 썩고
정글 속 동물은 무간지옥이다

갑질하는 세상
법의 정의가 실종된 세상
가난한 자 핍박하는 세상

참 어처구니 없는 세상이다

# 팽이

세상으로 나갈 때
네 몸 중심에 굵은 대못 하나 박아 넣으라
지구 위를 걸을 때는
지구본처럼 둥글게 낮아져야 한다
스스로 자전하기 위해서는
실패를 두려워해서는 안 된다
채찍을 두려워 마라
채찍은 피요, 살이며
얼음 박힌 세상에서 스러지지 않고
빙글빙글 돌게 하는 힘이니라
채찍을 맞아 시퍼렇게 멍든 피멍이 가실 때쯤
너도 도는 데는 달인의 경지에 올라
얼음판, 손바닥, 돌계단, 대청마루 나이테 위에서도
직립으로 살아갈 수 있을 것이다
그땐 너 스스로 너에게 채찍질 하며
쓰러지지 말고 살거라

# 등짐

해 질 녘 산비탈에서 노인이
땔감나무를 지게를 지고
일어나려고 바둥거리고 있다

뒤에서 바람이 힘껏 밀어준다

# 거미집

화성과 수성 사이 집을 짓고
칠 천겁의 인연을 기다린다

바람 보다 먼저 맺힌 이슬
성근별이 뜨고 지는 사이
밀도를 견디지 못한 별들의 죽음
처녀성에서 터져 나오는 울음소리
비등점에서 별은 진다

물방울이 바위를 뚫어도
인연은 오지 않는다
주파수 없는 줄이 하얗게 센다

화성과 수성 사이
봄이라 하지만 겨울나무는 절명에 잠들어 있다

은빛 날개를 접고
웅크리고 있는 검은 눈
생은 낡아 허물어지고
진동 없는 빈집에 바람이 분다

# 냉이의 꿈

산과 들 초경 앓는 소리
가슴 두근거린다
피 흘리지 않고 허물 벗는 능구렁이 같은 봄
물 속 오리발 같다
꿀 먹은 벙어리 새침떼기 계집아이 같다
복수초 벌써  화장색이 짙다
올 봄에도 몇 놈 고꾸라지겠다

그루잠 깨는 냉이
꿈도 많고 먹고 싶은 것도 하고 싶은 것도 많다
양지 볕에 냉이
얼음 박힌 손 녹인다
올봄에는 개나리 울타리까지 가봐야지
삼색제비꽃이 산다는 앞 내 개울 건너
노란 병아리 울음소리 들어 봐야지

냉이는 십리 밖 훤하다
파들대는 송사리 떼 잠자는 시냇가 살얼음 녹으면
그 하늘 비친 맑은 물로 밥을 앉히고
냉이국 한 솥 끓여 상춘객들 떠 줘야지

*그루잠 : 깼다가 다시 드는 잠

# 민들레

내 생애 따뜻한 시선 한 번 받았던 적 있었던가
울음조차 사치라 생각하며
자신의 몸 털끝까지 물기를 말려 가며
흙 냄새 코를 찌르는 변방에서
허례허식 없이 살고자 했고
사철 벌거숭이 몸으로 살다
홀씨 되어 바람결에 홀연히 떠나는 길

내게도 왜 침잠하는 시간이 없겠는가
내게도 왜 슬픔의 밤하늘이 없겠는가

격정을 끝낸 봄 한 철
그대와 시린 몸 비비고 살던 푸른 들녘
뿌리 깊은 터전에 바람도 저물어
이젠 떠나야 할 때
이별도 아름다워야 한다고
이별에도 예禮가 있어야 한다고

조막손 흔드는 노란 손수건

# 한 뼘

한 뼘의 거리는
심연의 바닷속 보다 깊다

한 뼘의 바다는
고래를 키우고
상어지느러미를 물 밖으로 자라게 한다

한 뼘의 절망은 21그램의 영혼보다 무겁다

달과 달맞이꽃이 마주 볼 때
거리는 한 뼘
머리와 가슴까지 한 뼘

걸어가면 한 세월
한 뼘의 손 안에
운명의 강줄기 얼키설키 흐른다

3부

들찔레에게

# 캔 커피

행여 찌그러질까
유통기한 넘길까
긴 막대 푸른 형광등 아래 줄지어 선 맵시

에디오피아 고산지대 염소치기
칼디의 고단한 삶이 묻어 있는 붉은 열매
사막을 건너와 목마른 이들의 가슴을 적신다

카페에도 못 갈 연인들 사이에서
어색한 시간을 펴주고
인연의 질긴 끈 얼어붙은 몸을 녹인다

달콤 습쓰름한 육즙 아낌없이 내어주고
깨달음 얻은 가벼운 몸이 되었을 때
후미진 세상 뒷골목으로 미련 없이 떠나는 너

고물상 압착기에 생이 찌그러져도
다음 생에 후회 없는 편의점 밤하늘 오작교를 꿈꾼다

# 이끼

매서운 눈보라 속 얼음물 먹으며
햇볕도 외면한 응달 벼랑 끝
음습한 生

바다를 나와 뭍에 오른 최초의 너
너로 인해
산은 푸르렀고
너로 인해
먹이사슬은 번식했으니

먹이사슬 밑바닥
그늘진 삶에 굴하지 않고
힘들고 어려워도
저승 보다 이승이 낫다고
힘겹게 돌부리 잡고 있다

# 봄 마중

삼경에 홀로 깨어
문설주 사이로 귀를 열어 본다

삼월 초순
꽃샘추위가 창을 두드린다
간간이 산등성이 눈발이 날린다

춘래불사춘春來不似春

스님 절 마당에 비질하는 소리
눈꽃은 열반에 들고
산수유꽃이 필런가

# 흔적

어젯밤 꿈 속에 그대 창가에 갔었네
창가로 따뜻하게 새어 나오는 불빛 속으로
한 사내는 뛰어 들지 못하고
하얀 눈송이들만 뛰어 들었네
뭇별도 잠든 밤
그대 창가에 불이 꺼지면
눈송이들은 어디론가 흩어져가고
그대 창가에 숫눈발 그치고 아침을 맞을 때
아침 햇살이 그대 창을 열었네
눈 내린 뜰엔 밤새 창 밖을 서성이다 돌아간
한 사내의 발자국과
발자국 보다 더 깊고 추웠던
하얀 흔적만 남았네

# 봄비

목련이 지고 난 사월엔
나, 당신을 찾아가
당신 귓가에 숨소리 가득한
수수꽃다리 한 송이 심으리다
그곳엔 봄비가 뜰마당 가득 내리고 밤은 깊어 가고
이곳엔 길 잃은 밤안개가 비틀거리며 별빛을 쪼고
눈 먼 램프등만 빗소리에 묻혀
저리 깜박이고
아! 그리도 외롭던가
빗소리에 달빛도 흩어지는 밤

# 차도

검은 아스팔트에 차량이 물결친다
물 속 깊이를 모르는 술 취한 사람들
흐름을 잃고 물고기처럼 인도로 튀어 오른다

연어는 죽기 위해 강을 거슬러 오르는 것이 아니다
정의가 강물처럼 흘러야 하는 강
권력이 부패하면 차도가 인도되어
어두운 세상 밝히는 촛불 타는 강이 된다

건널목 녹색 신호등 앞에서는
하느님도 신호를 지켜야 한다
도로의 신호등은 말 없는 규칙
법은 강물 속도를 제한한다

노약자나 임산부가 편안한 버스를 타고
가로등을 스쳐 집으로 향하는 일몰의 저녁
과속 앞지르기 하지 않고 스스로 깊어지는 강물처럼
함께 물 흐르듯 조용히 흘러야 한다

# 징검다리

해 질 녘 뜸부기 울던 정든 마을
들을 가로질러 흐르던 청량한 개울 물소리 여전한데
징검다리 가운데 앉아 물장난 치던 소녀는 어디로 갔나

맑은 물 속 비단조개
수초 사이로 엉덩이 흔들며 헤엄치던 물방개
물 위를 걷던 소금쟁이
하느님도 세상을 용서하시던 시절

전란 중에 살아남은 이들
호미와 쟁기로 다시 논밭 일구며
마디마디 옹이 박힌 손
어머니 젖무덤 징검다리 삼아 자란 유년기
가난했지만 소처럼 맑은 눈을 가졌던 아이들

사계절이 개울물 속에 징검다리처럼 놓이고
얼음 녹아 흐르고 난 뒤
봄은 징검다리 밟고 잘도 오는데
징검다리 물 속 그늘진 곳에 뜨는 저녁별처럼
그리운 사람은 흔들리는 물결 소리로 오고

찬 강바람 맞으며 거센 물살에 떠밀려온
고단했던 삶의 조각들

징검다리 사이로 빠져나가는 물처럼
세월은 물수제비 날으듯 잘도 간다

# 들찔레에게

어쩌자고 그대, 하얀 가슴을 치는가
오월 햇살에 능수버들 늘어진 휘청거리는 거리
붓도랑가 창포는 가는 오월이 아쉬워
흐르는 시냇물에 머리를 감고
민들레 홀씨 되어
몇 조각의 하얀 뼈로 구천을
떠돌고 있지 않은가

여보게 친구, 돌각담에 붉은 장미가 피었다 지는
유월이 와도
세상이 그대를 가시로 찔러도
피 흘리는 예수처럼 그 모습 변치 말게
힘들어도 그렇게 사시게

보아주는 이 없어도
오월 강가 찔레꽃 한 송이로
깨끗이 피었다 지시게

없으면 없는 대로
가난하면 가난한대로
그 모습 당당하고 아름답지 않은가
들찔레처럼 깨끗이 사시게

# 모정母情

푸르거라
맑고 깊게 흐르거라

평생 등에 물혹을 달고
사막을 건너는 낙타

세월은 덧없이 가도
옛집 마당가 채송화 피고지고

남쪽 하늘 십자성
잠 못 드는 그믐밤

귀는 동구 밖 느티나무 위에 걸어 놓고
죄 없는 몸 죄인 되어
십자가 지고 골고다 언덕 오르시네

# 혼술

퇴근길에 단골 식당에 들어갔다
어제는 중소기업 이사하다
사 년 전에 퇴직한 백수 동갑내기와 술 한 잔 하고
오늘은 혼자 저녁을 해결하기 위해
재래시장 골목 모퉁이 국밥집을 들렀다

혼술을 한다는 것
익숙하지 않은 잠자리 같다
내가 10% 부족한 삶을 사는 것인가

관습으로 자유로워진다는 것
장식의 허물을 벗어 던지고
남과 비교하지 않는 꽃처럼
자신만의 색깔과 향기로 깨끗이 피고 진다는 것

세상에 외롭지 않은 이 있을까
산까치도 외로워 가끔 도시로 내려오고
달빛도 외로워 강물 위로 떨어지는데

우중에 혼술
악마의 유혹인가
내가 나에게 건네는 한 잔 술인가
빈 술잔에 별바람 소리 가득하다

# 우중의 여인

그녀의 어깨 위로 흐느적거리며 흘러내리던 빗물
흰 이마 타고 내려와
속눈썹에 걸린 별빛과
강물 위로 떨어져 수 천 개의
동그라미 파문 일으키던 소나기
다리 절며 걸어가던 이의
등줄기 타고 내리던 이슬비
후박나무 지붕 없는 둥지에
갓 태어난 쑥국새 깃 때리던 장대비
무반주 첼로의 저음 같은 가랑비
애간장을 끓는 해금소리 같은 는개비
모기 주둥이 휘어지는 처서에 내리는 처서비
여름밤 창문 담을 넘듯 들이치는 장맛비

삶은 포란처럼 흐르고
과거는 잊히는데
아직도 가슴을 적시는
우중의 여인아

# 이별

이별이 밥 먹듯 그리 쉬운가
그래서 그렇게 쉽게들 이별을 하는가
짙푸른 가로수 그늘 아래서 담배를 피우며
악수도 없이 서로 방향이 다른 버스를 타고
눈물도 없이 이별하는 사람아

천 마리 종이학을 접어주겠노라던
옛 맹세는 어디 갔는가
갈잎도 이별이 서러워
산등성이를 쉬이 넘지 못하고 머뭇거리다
산비탈에서 첫눈을 맞으며
옷소매 훔치고 울지 않은가

만남은 쉬워도 이별은 어렵다네
오장육부 애간장 다 끊어 놓고 가는 게 이별이라네
다시 못 올 먼 길 떠나는 게 이별이라네

풀잎 끝에 맺히는 마지막 한 방울의 이슬처럼
잊히지 않는 슬픔이 되어야 한다네

# 아파트

초복이 엊그제라 창문을 열어도 방안이
후덥지근하다
선풍기는 약풍으로 혼자 돌고
폭우에 지방 도시가 물에 잠겼다는 뉴스가
외마디 슬픔처럼 흘러간다

월요일이라 생활 재활용 쓰레기를 버리고
엘리베이터를 세 명이 타고
내리는 층 표시등은 두 군데다
내릴 때 보니 앞집에 사는 모양이다

어릴 적엔 이웃집 할아버지 제삿날도 알았는데
그래 모른다
그대도 나를 모른다
다만 지상의 같은 높이에 우린 살 뿐이다

베란다 창으로 내려 본 화단에는
패랭이꽃 수줍게 피어
길쌈하듯 살라고 그 작은 눈짓을 보내는데
우린 한 공간에서 층간 소음으로 불편하기만 하다

여름밤 하늘 반딧불이 한 마리 날지 않는
집집이 외로운 섬이다

# 개구리 우는 여름밤

소나기 뿌리고 어스름 내려 쌓이는 저녁
앞내 개울가 흐르는 논에 개구리 운다

뜨거운 혁명을 꿈꾸는지
못 살겠다고 독립을 외치는
함성처럼 울어댄다

너도 외롭냐
너도 괴로우냐
너도 힘드냐

벼 이삭도 여물지 않은 논바닥에
퍼질러 앉아
울음으로 밤을 새운다

태어날 때부터 금수저를 물고 태어난 사람들은
장난삼아 연못에 돌을 던지고
개구리는 코피 터지고 맞아 죽는다

달빛은 물결에 일그러진다
세상은 하루 아침에 바뀌지 않지만
달빛 저문 벼포기 아래
삶을 포기하지 않는 개구리 울음으로
세상은 조금씩 참다워진다

풀숲엔 반딧불 날고
숲은 고요하고 정의의 강물은
뒤척이며 깊어진다

# 술잔에 뜨는 별

밤하늘 별을 바라본 지가 언제였던가
같이 코피 터지며 싸우면서 자라던 누이는
밤마다 술안주를 팔아야
겨우 먹고 사는 막창집을 하고
나는 하루하루가 고달파 퇴근길이 술집이구나

풀벌레 한 마리 울지 않는 회색거리에서
눈빛도 마주치지 않는 사람들은
바닷물처럼 밀려왔다가 빠져나간다

올해도 울밑에 봉숭아는 붉게 피었구나
슬픔도 모르는 장대비는 밤새 쏟아지고
골방에 홀로 계신 노모의 숨소리
빗소리에 가늘게 떨린다

# 블랙홀

너에게 가려면 사과 구멍을 통과해야 해
지구별을 떠나 너의 별로 가려면
중력 11.2㎞ 보다 더 빨리 달려야 해
모든 사과는 땅으로 떨어지지
사과는 은하별로 가고 싶지 않았을까
광속 30만㎞ 보다 더 큰 용기가 없었는지도 모르지
사과는 붉게 익어야 한다는
사회적 체면이나 인습의 중력에 매여
짧은 생의 유한한 시간을 허비한다는 것은
벌레가 사과를 갉아 먹는 안타까운 일이지

달팽이가 바오밥나무를 기어올라 달까지 가겠다는 것은
달팽이의 지구 탈출 속도라기보다 의지 아닐까
지구에서 공룡이 사라진 것처럼 인류는 사라지고
언젠가 먼 훗날 지구별도 생이 다하면
초신성으로 폭발하겠지
블랙홀은 시공간의 무서운 구멍이 아니지
낡은 의식의 세계를 빨아들이며
화이트홀로 새롭게 탄생시켜주는 것이지

# 꽃의 언어

침묵으로 말한다
그래도 들린다
몸짓으로 말한다
그래도 시선을 끈다
향기로 말한다
그래도 감탄사가 터진다

망초꽃은 속삭인다
몸을 낮춰 사니 부딪히는 일이 없다고
백일홍은 속삭인다
좌절하지 말고 계속 꽃봉오리 피우라고

꽃은 말한다
너의 자태
너의 향기만으로도 매우 아름답다고
그대가 꽃봉오리라고

# 가을맞이

정수리에 퍼붓던 소나기
전두엽에 내리 꽂히던 번개와
두개골을 울리던 우뢰
눈 먼 초록숲에 새들의 울음소리 가득했던 여름
산허리까지 몰려오던 먹장구름
여름 밤하늘을 슬픔처럼 떠돌던 별들과
비밀스럽게 자라던 텃밭에 수수깡
벌레 먹은 감잎에 속절없이 스미는 가을빛
이젠 그리움의 덧문을 닫을 시간
용문사 일주문 가늘게 휘돌아 가는 계곡물 소리
문지방에 툭, 떨어지는 낙엽 한 잎
아… 가을

# 반구대 암각화

소년은 울산 포구에 앉아 먼 바다를 바라보았다
햇살은 푸른 물결 위에 은빛으로 부서지고 있었다

마을사람들과 포경선을 타고 고래를 잡으러 간
아버지는 해가 저물도록 돌아오지 않았다
검푸른 바다에는 귀신고래, 흑등고래, 북방긴수염고래,
향고래, 들쇠고래, 범고래, 상괭이가
정어리 떼를 쫓아다니고 있었다
귀신고래는 새끼를 등에 업고 새끼가
숨을 쉴 수 있도록 숨비소리를 내며
물 위로 솟구쳐 오르곤 했다

소년은 백악기 공룡의 발자국을 따라
대곡천 계곡을 거슬러 올라갔다
원시림에는 호랑이가 멧돼지 목덜미를 물어뜯고 있었다
소년은 무서웠다
깎아지른 절벽을 기어 올라갔다
숲속에는 늑대, 산양, 사슴이 인기척에 놀라
산마루로 달아났다
가을 산은 울긋불긋 핏빛으로 물들고
하늘에서는 첫눈이 내리고 있었다

소년은 돌을 쪼아 꿈을 새기고 싶었다
대곡천 계곡을 따라 걷던 소년은
날카로운 돌을 손에 들고
왼쪽으로 십도쯤 기울어진 암벽 앞에 섰다

그의 손은 붓으로 그림을 그리듯 돌에 돌을 내리쳤다
작살을 만들어 포경선을 타고 고래를 잡으러 간 사람들과
귀신고래와 상괭이를 돌에 새기다 잠이 들곤 했다

숲속에서는 짐승들의 울음소리가
공룡 발자국을 따라 계곡으로 내려오고
함박눈이 사나흘씩 내려 쌓이고 길이 끊어지곤 했다
이듬해 다시 봄이 오고 계곡에도 물소리가 들려 왔다
소년은 돌에 새기다 만 그림들이 생각났다

이번엔 못 다 그린 그림들을 새기리라
소년은 대곡천 계곡을 거슬러 오르며
뾰족한 돌들을 주워 모았다
여자 주술사를 돌에 새겨놓고
죽임을 당한 고래와 동물들의 영혼을 위해 빌었다

대학 고대유물조사단은 원효대사가 수행했던
반구대 터를 탐사하기 위해 대곡천 계곡을 찾아왔다
경주 최 노인은 탑이 있었던 흔적과
깎아지른 절벽 아래 희미한 그림이
새겨져 있다고 했다
최 노인이 가리키는 손끝에서
희미하게 남아 있던 반구대 암각화가
육천 년의 깊은 잠에서 깨어났다

고래는 다시 유영하고
산양은 깎아지른 절벽을 기어오르고
멧돼지는 숲을 달린다

# 가을 길 위에서

능구렁이 비단뱀 담을 넘어가는 계절
물방울로 천둥 번개를 만들던 구름 사라지고
또 다른 계절이 와도 억새로 가득한 가슴
산을 안은 강물 저 홀로 붉어지면
빈 가지에 걸린 외로운 초승달
산중 절간 스님 목탁 소리에 흔들리는 꽃무릇
서녘 하늘 홍갈색 노을처럼
생명은 시간 앞에서 영원히 쇠락한 설움
언젠가 내 삶에도 낙엽지고 눈 내리는 겨울이 오면
나는 이 세상 어느 들녘 갈대를 스치는 바람이거나
천 개의 달이 뜨는 강물이거나
인적 끊긴 산길에 한 잎 낙엽으로
쓸쓸히 저무는 일

# 채송화와 봉선화

채송화나 봉선화 앞에 서면
무엇을 잘못한 것 같고
괜히 미안하고 부끄럽다

이 세상 그 어떤 시선보다 경이롭고
유리 외관으로 하늘을 찌르는 빌딩보다 높고 눈부시다

성당 고백성사에 자신의 잘못을 고백하듯
바람에 흔들리는 봉선화 앞에 서면
꽃을 똑바로 바라보지 못하고
나는 부끄러워 미안하다고 고백하고 만다

어느 경전이 마당 모퉁이 채송화나 봉선화 보다
높다 하겠는가
술 한잔 하고 어둑한 골목길 걸어 집으로 올 때
선한 눈빛과 붉은 채도로
달빛 아래 홀로 서서 파르라니 떨고 있는 누이 같은 꽃

세 살배기 은실이가 홍역으로 죽던 날
싸리 울타리 밑에 채송화 붉게 피었지

꽃을 꺾는 이가 많은 세상
꽃으로 때리는 이가 많은 세상에
꽃 앞에 서면 괜히 부끄러워진다

# 사랑니 발치

늘 쓸쓸했어
달빛도 비켜가는 후미진 골목
선술집 과부처럼 밤이 외로웠어
어두운 별자리에 잘못 태어난 업둥이처럼
시린 함박눈은 늑골 아래 내려 쌓이고
바그마타강 죽음을 앞둔 사람처럼
사랑 없는 삶을 살았어
언제든 버려질 수 있다는 파리한 목숨
한때는 아이의 꽃잠 속에 날아든 나비였어
유년을 아득히 날아가던 그리움의 날개였지
사랑으로 둥글어질 때까지 울어주어야 하지만
음식을 씹지 못하는 밤벌레처럼
중년의 생을 파먹으며 떠돌아 다녔지
입안에 사는 검은 그림자
채록되지 못한 달빛처럼
신경세포에 발치는 붉은 피
푸른 생의 안뜰 이토록 비릿한가

# 사랑니 발치 2

시린 겨울밤을 홀로 지새우는 겨우살이처럼
사랑 받지 못할 거라면 태어나지 말았어야 했다
흰눈처럼 이 세상 어디에나 부드러운 잇몸인 줄 알았지
서러운 이방인의 눈총을 온몸으로 받아내며 견디어 왔건만
수피樹皮에 난 벌레 구멍에 수간樹幹은 썩고 뿌리는 신경통에
시달렸지
한때는 나도 온 세상이 첫사랑을 앓는 진달래빛 신록의 봄이
었지
연애 한 번 제대로 못해 보고 바람 찬 노숙의 어둠이
이렇게 빨리 올 줄이야
갈별이 뜨는 능선에서 이젠 너를 놓고 싶다

# 어머니의 가위

아버지가 천수답 가난의 밭을 일구는 데는
소와 쟁기였다면
어머니는 호미와 가위였지
아버지는 지게에 쟁기를 지고 다랭이 논밭으로
소를 몰고 나가 덕석만한 논밭을 오르내리며
흙을 갈아 엎고 이랑을 만들어
고구마, 감자, 수수를 심어 놓으면
어머니는 이랑 사이에 쪼그리고 앉아
호미로 풀을 매곤 하였는데
가을 소출이라야 배 곯는 풀죽이나
겨우 면할 정도였지
보리밥을 먹고 살아도
제 팔자 제가 가지고 태어나는 것이라며
감자 뽑을 때 줄기에 줄줄이 딸려 나온 자식들
쑥국이나 호박죽을 먹여도 들풀처럼 무성하게 자라는
자식들 손톱, 발톱을 가위로 싹둑싹둑 자르면
머리는 쥐 파먹은 것 같고 마른 오줌 같은
눈물이 찔끔찔끔 났지
이웃집 헌옷을 얻어다 가위로 덧댄 천 조각보 같은
양말이며 옷을 잘도 만드시더니

전란이 막 끝난 시절 시집올 때 가지고 온
재봉틀 낡은 나무서랍에
움막의 가난을 견뎌 온 골무와 가위를 보면
세월이 병인 양 마음 서럽다
손톱이 닳고 발에 쥐가 나도록 살아온 무정한 세월
삶의 변곡점을 지날 때마다
묵묵히 서서 비바람 막아주던
큰 바위 같은 몸도 이젠 깃털처럼 가벼워져
한세월 비껴간 무게가 꿈만 같다

# 코스모스

당신이 올거라 믿었어요
밤마다 어둠을 틈 타 바람이 유혹해도
난 돈키호테 같은 사랑을 꿈꿨어요
내가 분홍빛 드레스를 입고 서 있었던 것은
황금 들녘 끝에서도
당신이 나를 얼른 알아보기 위함이었어요
내게 무슨 까닭이 있었던 건 아니예요
해마다 가을이 되면
늘 그래왔던 것처럼
풀찌르레기와 여치가 우는 가을길을 걸으며
수줍은 내 어깨를 감싸주고
쑥부쟁이 피는 언덕까지 갔었던 지난날들이 되살아나
올해도 얼른 피어야지 하며
가을 능선을 바라보고 있었어요
당신은 눈과 손, 두 날개가 있어
언제든지 날 찾아올 수 있지만
나는 눈도 없고 발도 없어 당신에게 갈 수 없어요
내가 당신에게 줄 수 있는 것은
미소와 향기뿐이지만
구월이 되면
첫날 밤부터 설렘에 밤잠을 설쳐
허리는 가늘어 지고 목덜미는 길어졌어요

# 4부

사랑이거늘

# 고요한 이 아침에 생각한다

사랑하는 여자친구를 위해 장미를 꺾다가
가시에 찔려 죽은 라이너 마리아릴케의 슬픈 죽음을,
몹쓸 병으로 인해 그 고통에 온종일 손으로 벽을 치며
죽어가던 아버지의 마지막 눈물을,
아침 출근길에 다리가 부러진 의자며
찢어진 우산, 페트병 쓰레기를 줍던
등이 굽은 할머니의 가난한 손을,
흐르지 못하고 고여 썩은 물웅덩이에
꽃잎을 던지던 사월의 목련을,
일곱 살 때 난생처음 지게를 지고
반딧불이 나르던 뒷동산으로 들어가
나무를 해왔던 나의 첫 등짐에
외할머니의 대견해 하시던 호탕한 웃음을,
산비탈 척박하고 무딘 땅에 휘어 비틀어진
키 작은 옹이 박힌 소나무의 바람 많던 삶을,
지난 여름 그악스럽게 울어대던 혼이 빠져버린
매미의 허물과 이슬을 먹고 노래하던 풀찌르레기의 목청을,
보아주는 이 없어도 응달진 산기슭에서
소록소록 피어나는 양치류와
숲의 아침을 깨우는 노랑지빠귀의 햇살 닮은 울음을,
풀과 나무 떡잎 속에 있던 연두의 꽃눈을

# 붉은 사과

꽃이 피었다 하여 어찌 다 열매를 맺겠는가
꽃의 내부로 밀고 들어가는 벌레 같은 주름이
접혔다 펴졌다 하는 삶의 질곡마다
아우라는 또 얼마나 뜨겁게 몸부림쳤겠는가
여름밤 몽마夢魔의 침실에
천둥은 또 얼마나 울었겠는가
유리창에 내리치던 번개와

황톳물 뒤집어 쓰고 유유히 흐르던 강물
토방골 만삭의 달이 산고를 겪는 동안
푸른 생의 들녘에 쓸쓸히 떨어지던 생의 파편들
노을이 제 그림자를 씻으며
고요한 음계에 들 때까지
별은 밤이 깊어지기를 기다리지 않은가
생은 파지처럼 공중에서 구겨지고
채 아물지 않은 상처를 안고
가을이 저물어 갈 때
고통이 영혼을 숭고하게 만들 듯
아, 붉은 사과는 천천히 익는구나

# 맑은 물

성근 백발의 늙은이가
산어귀 어둑한 길을 간다
억새꽃 무성한 자드락길에 들어서자
이제 막 세상의 들녘을 적시기 위해
계곡을 나서는 봄 병아리 같은 맑은 물

저 늙은이 몸 속엔
세월의 강물이 얼마나 흘렀을까
맥문동 피는 보릿고개를 몇 굽이나 넘었을까
유장한 강물이 얼마나 흘렀길래
가슴이 저토록 작두날 같이 시퍼렇게 맑아졌을까
오염된 강물도 자갈밭을 구르고 흐르다 보면
저렇게 시퍼렇게 멍이 들어 자정능력이 생기는 걸까
세상의 강줄기를 한바퀴 다 돌고 돌아
이제 자신이 태어난 산으로 들어가는 맑은 물

바람이 누웠던 벼 포기 잘려 나간
가을 빈 들녘을 지나
등 굽은 소나무가 신선처럼 서서 함박눈을 맞고
구름 상여 물고 가는 물오리 떼
고요의 산맥이 누워 있는
설산에 드는 맑은 물

# 꿈

오늘밤
그대를 만나지 못 할지도 모른다

칠흙 같은 어둠 속을
밤새 헤맬지도 모른다

그러나
이 모든 것이
한낮 꿈이라 해도

그대 만나는 길은
오직 이 길뿐

# 포란抱卵

아침이면 당신의 목소리가 흰뺨박새처럼 쉬던 사각 의자엔
아직도 체온이 남아 있습니다
머뭇머뭇 무슨 말을 하려는 듯
며칠 째 당신의 가슴이 파르르 떨렸습니다
이제 돌아갈 곳을 아는 듯
이름 버리고 떠나는 들꽃처럼
산정엔 방향을 예견할 수 없는 바람과
하루에도 몇 번씩 얼굴을 바꾸는 구름이
당신을 무던히도 괴롭혔습니다
검은 납덩이처럼 누르던 자리
산비둘기 울음도 쓰러져 누운 자리
당신을 늘 푸른 소나무로만 알았던 우리
석별이란 말이 나무가시처럼 목에 걸려 먹먹해집니다
비바람 몰아치던 포란의 삭정이 집에도
밤이면 별빛이 내려앉습니다
이제 그 무거운 짐을 내려 놓으십시오
우리의 곡진한 마음의 결을 모아 안녕을 빕니다

*함께 근무했던 직장동료를 떠나보내며

109

# 반달 2

빈 들녘에 시린 바람 소리
오가는 사람도 뜸한 눈길 위에
사위어 가는 달빛

반생을 비에 젖고
반생을 흔들려도
한 움큼 어둠으로 나마
당신 앞에 섰을 때
등잔불 같은 그대 생각

구만리 장천을 떠돌아
머리맡에 내려 쌓이는 눈
짧은 시간 동안 빛깔을 간직하다
흔적 없는 눈

모든 별 돌아간 새벽 찬 하늘에
홀로 어둠을 밀어내며 해금을 켜듯
저미는 가슴을 긋는 활 하나

# 술 한 잔 하고

까무룩한 밤이 깊어 침상에 들며
어둑컴컴한 창밖을 바라보다
시린 몸뚱어리 이불 속으로 구부려 넣고
잠을 청한다
별다른 것도 없는 식은 국밥 같은 날이 포개지고
나는 가만히 봄 햇살에 쫀득쫀득 말라간다
희미한 등불 아래 도수 높은 안경을 끼고
시집을 읽다 그믐달과 함께 잠이 든다
세상은 한숨 돌릴 틈도 주지 않고
보고서를 내라 한다
내가 큰 소리로 웃을 때는
천상병 시인 같이 생막걸리 한 사발 들이킬 때
배 떠나고 난 뒤 빈 바다에 남은 상흔도 잠시 잊는다
눈 뜨면 물꽈리 보다 더한 일상
상처로 얼룩진 하루가 초침으로 저물고
삭아지는 뼈 하나로 서 있는 밤
그리운 사람은 언제나 형상만 남아 멀리 있다

# 사랑이거늘

사랑이 아니고서야 어찌 꽃을 피우리
새가 나뭇가지에 앉아 우는 것도
강물이 들녘을 적시는 것도
다 사랑이거늘

미혼모가 우윳빛 젖을 핏덩이 아기에게 물리는 것도
할머니가 홍시를 수저로 떠서 손주 입에 넣어 주는 것도
다 사랑이거늘

그대가 어느 이름 모를 간이역에 내려 혼자 흐느끼는 것도
달맞이꽃 때문에 달이 지구를 떠나지 못하는 것도
모두 다 사랑이거늘

# 화등

꽃이 져도 오지 않는 그대
그래도 기다립니다
화등의 꽃 심지 새까맣게 타들어 가도
창을 두드리는 바람 소리
행여 그대 소식 실려 오려나
빗살문 밖을 서성입니다
그러다 달은 기울고
꽃 진 꽃자리마다 멍울진 슬픔이 터집니다
사랑은 유폐되고 안경 너머로 흐릿한 옛 뜰에
길 잃은 발처럼 남루한 생을 바람이 쓸어 갑니다

# 봄이 오는 길목에

봄이 오는 길목에 나가 앉아
봄바람에 실눈 뜬 비단뱀 소리 듣는다
노란 티 입은 개나리 울타리에
둥지 틀 요량으로 직박구리 날아오고
분홍빛 스란치마 진달래 산비탈에
꽃샘바람 분다

붉은 립스틱 홍매
섬진강 변 강바람 유혹에
종다리는 청보리 밭 위로 높이 떠 목청껏 울고
뒤란 마굿간 게으른 소 워낭소리
들녘에 가득하다

가난에 지친 촌부 거름진 지게에 배추흰나비
겨울 바다 갯벌 시린 손 백합조개 캐던 누이야
서울로 시집 간 누이는 소식 없는데
늙은 엄마의 대소쿠리에 냉이만 가득하다

# 동백꽃

울지 마세요
만남은 이별의 변주곡
부몽浮夢 같은 인생
이것이 비록 꿈이라 해도
잊지 않을게요

시들 때는 머리채 툭 지면서도
가슴에 새긴 사랑한단 말
하얀 눈길 위에 압화 되는
붉은 홑꽃잎

# 피라미

평생을 강물에 제 몸을 씻으며 사는 죄 많은 몸
잠 잘 때도 눈을 감지 못하고
이 세상 사는 동안 꿈 한 번 꾸지 못하네

형체도 없고 발자국도 없는 강물 속
꼬리지느러미로 물살 거슬러 오르며
천 갈래 만 갈래 찢어지는 가슴
그래도 살아야 한다고
푸른 물이끼 낀 돌밭에 알을 낳네

낚시밥 조차 던져주지 않는
오염된 강물 속에 태어나
눈썹달 잠겨 저무는 밤
강바람에 흔들리는 갈대에 기대어 사네

산에는 해당화 붉고
강섶엔 나리꽃 무더기로 피고 져도
거친 물살에 잘도 유영하네

# 꽃무릇

내 육신이 찢어지고
뼛가루가 강가 모래톱에 하얗게 쌓여도
너를 만날 수 없으니
어느 바람결에 애끓는 심정 전할까
한줄기 꽃과 잎이건만
하늘은 어찌 이리 매몰차단 말인가
떠도는 구름도 저무는 날
제 몸을 태워 비통한 심사를 강물에 사위고
말 못 하는 목어도 절간 처마에 매달려
풍경 소리 전하는데
눈 감아도 그 모습 손에 잡힐 듯한데
그대는 어찌 모른 척하오
꽃잎마다 붉은 가시가 돋고
입은 있되 지척의 그대를 부르지 못하는 백치 아다다
눈은 있되 보지 못하는 반벙어리 장님이니
이승이 아닌 저승에서나 못다 한 한 풀리려나
그대가 아니면 난 그냥 삭정이 목숨인 것을
모이라이여, 이제 나를 눈 감겨다오

*모이라이 : 그리스신화에 나오는 운명의 여신

# 전운이 감도는 한라산 기슭


-호명한다
  유채, 목련, 찔레, 모란, 개나리, 진달래, 산수유
  구슬붕이, 애기똥풀, 흰바람꽃

-옛!
-대군들은 전열을 갖춰라
  성산 일출봉 해 뜨기 전 어스름 녘 반도로 진군한다

명령 1
진달래는 개나리와 산수유를 조공으로 하여
경상도와 전라도를 경계로 굽이치는 섬진강으로 상륙하고
여수 영취산과 노령산맥 산등성이를 핏빛으로 물들이며
강화도 고려산을 점령하라

명령 2
목련은 찔레와 모란을 조공으로 영산강으로 상륙하여
월출산 오솔길 목진지를 점령하고
만경평야 들판을 아지랑이 불을 지르고
서해안을 따라 한양으로 입성하여
경복궁 경회루 뜨락을 꽃사태로 점령하라

명령 3
흰바람꽃은 애기똥풀과 구슬붕이를 조공으로 하여
낙동강 하구 을숙도 갈대숲으로 은밀히 침투하고
태백산맥을 연두빛으로 물들이며
정선 아리랑 고개를 점령하라

명령 4
삶의 터전을 잃고 좌절로 앉아 있는 이들에게
지푸라기라도 잡고 일어설 수 있도록
손을 내밀어 축 처진 어깨를 부축해 주어라
허리가 잘린 임진강변에서 전열을 재정비 할 때까지
빗방울로 땅을 깨우고
DMZ 청정의 소리로 전장의 상황을 보고하라

작전명
암호는 연두

# 호박꽃

사람들은 내게 "호박꽃도 꽃이냐"고 합니다
나는 속꽃잎도 없고 장미나 목련처럼
사랑받지 못하다는 것을 압니다
백일홍이나 라일락은 늘신한 몸매를 자랑하며
향기와 자태를 뽑내지만
나는 초여름부터 가을 찬 서리 내릴 때까지
땅바닥을 기다 운 좋게 담벼락이나 싸리 울타리를 만나면
넝쿨손으로 지푸라기라도 잡는 심정으로 살아갑니다
일생 동안 사람들이 눈길 한 번 주지 않아도
새벽 네 시에 일어나 꿀을 치며
하루하루를 뜨겁게 살아갑니다
나의 소망은 초가 지붕이나 달동네 채소밭 이랑에
누런 호박을 쑥쑥 낳아
이가 없거나 밥맛을 잃은 이들을 위해
나의 몸을 으깨 기꺼이 호박죽 한 그릇 되는 것입니다

# 지천명知天命 고갯길에서

생의 여울목을 건널 때마다
주름진 생의 옷깃이 젖는다
중년의 고갯길에도 어느덧 억새가 길을 막고
팔달산 산마루에 걸린 노을이 붉다
겹주름 깊어가는 생의 강가
바닥을 드러내는 것이 어디 강물 뿐이랴
흩어지고 멀어지는 주름진 결들
수수깡 빈들에 갈바람 한 조각
문신처럼 새겨진 너와의 언약도
이젠 낡고 빛바랜 상처가 된다
나의 빈들에 생은 어디쯤 가고 있는가
한번쯤 돌아서서 길을 묻는 저녁놀

# 누룽지

가장 낮은 곳에서
뜨거운 손으로
고봉밥을 만들어 새끼를 먹이는 어머니는
부르튼 손으로 계절 끝에 매달린
마지막 잎새되어
무쇠솥 바닥에 생을 눕힌 채
노랗게 물들어 간다
새끼들 입 속으로 밥 들어가는 것만 봐도
행복하다고
누룽지가 되어서도
당신은 배부르다고
괜찮다고

# 뒤란의 소

고향집 뒤란 소 외양간
김이 모락모락 피어오르는 새벽
여물 냄새에 허기진 워낭소리 요란하다

대숲을 스치는 시린 바람 소리
마디마디 공명의 새벽 하늘 울리면
새리문 앞 졸음에 겨운 복술이도 눈을 비빈다

평생 전답田畓을 갈아 엎으며
목덜미엔 굳은살이 대못처럼 박혀 있던 소

안뜰에 채송화, 물봉숭아 피고 지던
철없던 시절은 가고
세월은 속절없이 흘러
빈 외양간 처마 흙먼지만 호롱 눈빛에 깜박거려
그리움 따라 돌아보니
외양간 벽 틈에 거미집만 반겨준다

# 숨바꼭질

그대 멀리 있을 거라면
나를 동백나무 아래 숨겨주오
그대 어디 계시거든
종다리 울타리 사이 넘나들며 숨바꼭질 하듯
동백섬 해파랑길 안고 도시면
나는 샅샅이 찾아내지요
해종일 숨차게 찾아도
그대 보이지 않으면
내 마음 설웁지요

멀리 있는 그대여
넓은 하늘에서도 길을 잃지 않는 새들의 함성을 들려주오
저린 가슴 적시는 강물 소리와
동백숲 스치는 천년 물결 소리를 들려주오
그대 없는 빈터에 손돌바람 몰아치면
난 어느 허공을 잡고 그대를 찾나요
먼 산에 가지가 휘도록 함박눈 내려 쌓여
별 바람 소리 산을 덮는데
그대 얼굴 보여주오
그대 찾다 지친 마음
더 설웁기 전에

# 동박새

함박눈 들을 덮어도
찬바람 강을 얼려도
그대 가슴에 둥지를 틀고 살아가는
눈 시린 행복

추운 겨울
벌과 나비도 떠난 황량한 산자락
꽃가루받이 천생연분 인연의
붉은 순정

동백 꽃잎 보다 붉고
호랑가시나무 열매 보다 달콤한
날마다 그대를 만나는 기쁨

직박구리새 삶의 터전을 위협해도
그대의 조매화 보람으로 살아가는
순백의 사랑

# 내 어릴 적엔

생각해보니 내 어릴 적 방 흙벽에
신문지로 도배를 하고
친구들과 단어 찾기 놀이를 하던
초가가 그리울 때가 있다
겨울을 나기 위해
문풍지를 바르고 봉창을 발라 놓으면
겨우내 시린 바람이 문풍지를 흔들고
달빛이 은은히 스미던 방에서
부모님 들으시라고 큰소리로 책을 읽다
눈썹달과 함께 잠들던 집
가난했지만 마음만은 행복했던 시절

해 저물녘이면 재 넘어 부엉이 바위에서
부엉이 한 쌍이 울며 새끼를 낳아 기르고
당산나무 앞뜰 실개천에서 뜸북이 울던 곳
옷을 대물림 하면서도 기뻤고
형이 쓰던 책상을 이어 받을 때는
공부가 저절로 되던 시절
허기진 배를 고구마로 채우며
들길에서 하얀 찔레꽃을 꺾어 먹고
아카시아 푸른 잎을 손가락으로 튕겨 내기를 하며

별밤지기 소녀들이 까르르 웃던 강가에서
별똥별을 줍던 푸른 꿈을 꾸던 시절
진달래 붉은 꽃을 한 소쿠리 따다 비빔밥에 넣어 먹으며
매운 고추를 겁 없이 먹고 눈물 콧물 흘리며
뒤란 소마굿간으로 달려 소에게 화풀이 하던 시절
전어 장수가 왔다가면
아궁이 잉걸불 위에 전어 굽는 구수한 냄새가
밥상을 향기롭게 하던 작은 행복이
뒷동산으로 별을 쪼으러 가던 새떼들처럼
밥상머리에 둘러 앉아
생선가시의 뼈를 발라 자식들 숟가락에 올려주고
부모님 당신들은 머리가 맛있는 거라며
생선머리를 우득우득 씹어먹던 여름밤
초가지붕 위로 반딧불이 깜박이며 날고
밀 이삭이 누렇게 익어가던 길섶에
지천으로 들꽃이 피던 시절

# 화석 이야기

저 돌도 한때는 굴참나무를 쪼아 집을 만들던
오색 딱따구리였으리
쥐똥나무 그늘이 앉은 벤치에서 사랑을 나누던 참새였으리

강을 건너는 누우 떼의 목덜미를 겨냥한
악어의 이빨이 돌을 물고 있다

어스름 녘 숲 속을 헤매던 배곯은 멧돼지 가족
이야기가 화석 문장이 되었다

예나 지금이나
먹고 사는 일보다 시급한 게 있을까
돌 속에서 나를 응시하는 맹수의 눈빛 날카롭다

# 애벌레의 꿈

세상 색안경 끼고 보지 마세요
어릴 적에는 누구나
푸른 똥을 누고 배밀이로 살아요
처음부터 점박이 금빛 날개를 팔랑거리며
여기저기 꽃씨방 들락거리는 나비는 없잖아요
신神은 누구에게나 한 번의 기회는 준다잖아요
혹시 아세요 나도
한 번의 변신으로
온 천지를 꽃동산으로 만들지

# 연옥에서

어둠과 빛 사이 태초의 연기로 가득 찬 공간

멀리 희미하게 십자가의 길이 보이고
죽은 자들의 구원을 위한 간절한 기도가
침묵 속에 흐른다

억겁의 인연은
은하강 둔덕에 모래톱을 만들고
울타리에 핀 노란 장미는
가시 돋친 외마디 아픔으로
돌아오지 않는 메아리가 된다

단테가 이곳에서 베르길리우스와 헤어지고
사랑했던 베아트리체의 손을 잡고
천국의 계단을 올랐다는 비탈길이 연기 속에 희미하다

땅거미 짙어가는 밤하늘에
개밥바라기별이 뜨면
목련꽃 그늘의 문장들이
달항아리에 빗살무늬로 새겨진다

점성가도 길을 잃는 연옥에서
별 같은 약속을 한 너를 기다린다

# 사과 농사 짓는 촌부

사과 농사 짓는 촌부의 부르튼 손으로 계절은 건너와
찬 서리 맞은 가지에서
사과 하나
툭, 밭고랑 사이로 떨어진다
사람이나 사과나
갈 때는 홀로 서리 밭에 몸을 던져야 하나 보다

하현달 삭은 그믐밤
밤의 허리를 배고 누우면
삭풍에 사과는 익어 떨어지는데
나는 채 익지 못한 풋사과

산다는 것은
사과는 까만 시 하나 땅에 묻고
나는 흰 뼛조각 하나 땅에 묻는 일

# 담쟁이

작은 틈새 하나라도 악착같이 움켜쥐어야 한다
등뼈가 없어 홀로 서지 못하고
꼬부라진 조막손 맨주먹이 힘이다
삶은 늘 벼랑 끝 수직이다
일몰의 바람은 유언처럼 옆으로 불어온다
푸른 눈을 가졌으나
혀는 소음을 먹고 산다
벽을 오를 때는 몸을 낮춰야 한다
지상과 허공의 임계점을 오르는
클라이밍은 사치다

수직벽에도 가을이 물들고
추운 겨울이 찾아와 눈보라 치면
몸은 말라 비틀어져도
벽을 움켜쥔 손 놓지 않는다

*클라이밍 : 인공시설물을 설치하여 즐기는 스포츠

# 불씨

새해엔,
낯선 바람 한없이 흔들리는 빈 가슴에
작은 불씨 하나 품고 살자

기회만 되면 언제나 연탄에 옮겨 붙을 수 있는 번개탄처럼
희망 없는 세상 가난한 길 위에
취준생들이여, 가슴에 희망의 불씨 하나 품고 살자

도공이 도자기를 굽기 전에
가마 앞에서 불씨를 놓고
헤파이스토스(Hephaistos)에게 간절하게 고하듯

서산마루 넘어가는 낙조가 희미한 싸락빛으로
삼경의 캄캄한 밤하늘에 불 밝히 듯

주렴 밖 눈발 거세지고
얼음 갈라지는 호수가 쩡쩡 울어도
활활 타오르다 끝내
그대 가슴에 불을 지르고 마는
뜨거운 불씨 하나 품고 살자

정월 대보름 구멍 숭숭 뚫린 깡통에 불씨를 담아
논두렁 밭두렁 태우며
쥐불놀이로 새해의 풍년을 기원하듯
희망의 불씨 풍등에 담아
새해 정월의 하늘에 띄워 보내자

*헤파이스토스(Hephaistos) : 그리스 신화에 나오는 불을 다스리는 신

# 수원 화성

이 고을에 사는 사람들 배고프지 않으리
이 고을에 사는 사람들 억울함 없으리
옛 성곽의 돌들은 서로서로 어깨동무하고
천 년의 비바람을 견디리
노을 낀 서포루 노송지대
백로가 부리로 지은 삭정이 집에도
밤이면 반딧불이 날고
화성의 아침을 깨우는 서장대 북소리
팔달산 기슭 옛 성곽길 따라 피어나는 두견화
함께 더불어 사는 따뜻한 세상
호얏등 켜고 대대손손 살아갈 행복한 수원

*수원 인문학 버스 정류장 글판 선정 시

해설

산문적인 잠언의 격조로
육화肉化된 체험의 시세계

_윤형돈

# 산문적인 잠언의 격조로 육화(肉化)된 체험의 시세계

### (첫 시집 『고래와 달』을 중심으로)

윤형돈

자서전과 같은 이야기 시를 쓰며 산문화되어가고 있는 자신의 시세계를 반성하는 작가가 있었다. 그는 '내 인생 공부와 문학표현의 공부'란 글에서 "한 가지 작정이 있으니, 그것은 내가 내 시에 묻힌 산문적인 안이한 타성을 떠나 시 본래의 율조(律調)와 암시력과 함축미를 다시 회복하는 길이다. 이것은 아무래도 바짝 줄여 간추린 짤막한 구성을 다시 회복하려는 노력에서 시작해야겠다."고 술회한바 있다. 하긴 누구나 한 작가의 잠재의식 층에는 지난 날 자신만의 생의 이력서에서 결코 안 잊혀지는 일들을 솔직히 표현해보고 싶은 욕구를 지니고 있다. 말하자면 자신의 일대기를 어떤 형식으로든 정리하자니 설명과 서술이 길어지는 함정에 빠지게 된다. 여기서 시인은 자신도 모르게 산문화되어가는 시의 안이한 타성에 젖기 십상이다. 극서정시의 뼈를 울리는 언어의 음색은 아니라도 반복적으로 운율(보격步格)을 내면서도 약간의 변주 효과를 가미할 수는 있다. 그러나 그것은 하루아침에 도래하는 현상이 아니고 공부하고 쓰고 고치고 또 고친 시의 삶속에서 찾아오는 고귀한 선물이리라! 어차피 시의 길은 쉽사리 안 끝나는 길이고 시 쓰기의 막막함이 결국은 삶의 일상이 되어야 할 명제를 떠안고 있다 나날이 살아가는 일상생활에서 살며 느끼며 생각하고 공부하는 모든 내용들에서 고른 것들이 그의 시, '일상이 곧 시'가 되어 육화肉化(incarnation)되는 것이다. 체험된 감동의 언어를 기반으로 누군가는 '꿀 먹은 벙어리의 언어'가 시의 언어라고 했던가? 道나 본질을 노골적으로 다 드러내지 못하는 언어의 불구성에도 불구하고 그런 침묵에 봉사하는 언어가 우주를 대변하는 것이고 정신의 비약을 주는 시의 묘처임을 강조한 것이리라! 그러나 제 아무리 쓰고 고치고 저미고 붙여 봐도, 한동안 지나서 다시 읽어보면 어느 때나 미비한 것만 같은 것이 시 아니던가?

  김세홍 시인의 산문적 글쓰기는 서정시의 특질을 모두 담고 있으면서도 산문처럼 보이는 짧지 않은 잠언의 글로 요약할 수 있다. 작가가 지향하는 사물의 모습을 함축적인 언어로 형상화시키긴 했지만, '사소한 것의 사소하지 않음'과 개인의 자유의지를 기반으로 '자기 세계'를 한껏 표방한 저 60년대 '散文時代'를 떠올리게 한다.


  직선에는 누구를 사랑할 때처럼
  팽팽한 긴장감이 감겨 있다
  꽉 조여진 열두 줄의 가야금은 누구의 손끝에서
  튕김을 받고 싶어 적멸보궁에 들었다

  굽은 산맥이 바다에 직선으로 눕는다

민달팽이 속을 빠져 나온 굽은 선들이 지평선에 걸린다
유리벽을 여과 없이 통과하는 햇빛처럼
멀리서 별빛이 직선으로 내려온다

활시위를 떠난 큐피드 화살이 직선으로 날아가
사랑하는 이의 심장에 꽂히듯
한사람만을 바라보는 눈은 직선 위에 있다

우유부단하지 않고 올곧게 산다는 것
살면서 직선하나 된다는 것

— 직선, 전문


직선은 인간의 線이고 곡선은 신의 線이라 했던가? 직선은 두 점 사이를 지나는 무한히 길고 곧은 선이다 감추거나 에둘러댐이 없이 솔직하고 단도직입적인 성격으로 무뚝뚝한 경상도 사내를 닮았다. 직선은 시의 각 聯마다 곧은 줄기로 뻗어 있다. 쉽게 굽히지 않는 금이다. 이 시에서 화자는 '직선' 옹호에 나섰지만, 글 행간에 숨겨진 곡선의 유혹을 뿌리치기 어렵다. 오히려 특유의 유연함으로 칡넝쿨처럼 직선을 칭칭 감아 돌기까지 한다.
'가야금은 누구의 손끝에서 튕김을 받고 싶어' 적멸보궁에 드는 순간, 곡선으로 감화를 받는다.
직선은 남성적이고 곡선은 여성적이다. 여성의 신체라인이 그렇다. 한국의 전통적 정서와 여백의 미, 도자기의 유려한 곡선, 한복 맵시의 곡선미, '꽉 조여진 12줄의 가야금은' 직선이지만, 타는 줄의 탄력은 곡선이다. '누구를 사랑할 때처럼 팽팽한 긴장감은' 직선이지만, 눈 녹듯 풀어지는 화해의 감정은 곡선이다. 마찬가지로, '굽은 산맥은' 곡선이지만, 바다의 지평선은 직선이다. 직사광선의 햇빛, 큐피드 화살은 직선을 그리며 하트의 중심을 관통한다. 사랑의 화살은 직선적이나 여성적인 곡선을 향해 날아든다. 결국 사랑은 직선과 곡선의 조화로운 관계이기 때문이다. 작자의 키워드는 마지막 연에 배치됐다. '우유부단하지 않고 올곧게 산다는 것, 살면서 직선하나 된다는 것.'

　다른 사람의 한 면만 보고 성급하게 상대방을 판단하면 그의 이면까지 깊이 이해할 수 없다. 직선만을 보고 곡선을 보지 못함으로써 '숨은 그림 찾기'에 실패한 인물들은 많다. 그래서 시인은 3연의 중간 쉼터에서 '민달팽이 속을 빠져나온 굽은 선들이 지평선에 걸린다.'고 했나보다. 화이부동和而不同하는 여백의 미를 엿보게 된다.


공기 방울처럼 무게가 없다
무생물의 경계를 확장하며
물욕의 피를 빨아 먹고 사는 흡혈귀
침대 밑에 살다가
가끔은 창가에 나와 햇볕을 쬐고 바람도 쉰다.

털어서 먼지 안 나는 사람 있을까
지능계 형사들이 범인의 증거를 찾을 때
툇마루나 방바닥 먼지 속에 희미한 발자국을
손전등으로 찾는 것처럼
때론 말없이 희미한 증거가 되는 존재

강물이 흐르며 오염된 물을 스스로 정화하듯
작은 먼지를 툭툭 털면서 살 수 밖에
먼저 살다간 모든 이들이 화석이 되지 못하고
먼지가 되었는지도 모르지만

먼지는 죽어서도 날아다닌다
태초의 우주는 가스와 먼지였지
진공청소기로 먼지를 빨아 들이다
이 먼지들도 먼훗날
언젠가는 별로 태어나겠지 생각하니
햇빛 속에 무수한 별들이 반짝인다

 - 먼지, 전문


　새삼 국어대백과 사전에서 '먼지'의 뜻을 찾아본다. 단 8음절, '작고 보드라운 티끌'이라 적혀있다. 그러나 시인의 내면 의식은 복잡하다. 알레고리(allegory), 즉 이야기 전체가 하나의 총체적인 은유로 관철되어 나타난다. 장황하리만치 네 聯이 연루되어 '먼지'에 대한 해석적 진술을 도모한다. 사르트르는 말했다. '쓰는 행위는 산문을 통한 기도다. 세상을 규명하고 탐사하려면 산문을 써라' 작가는 마치 '먼지'라는 미물微物을 규명하고 탐사라도 하듯 산문시적인 서사敍事의 부연, 설명을 계속한다. 먼지를 옹호하기 위해 공기방울부터 시작하여 무생물, 흡혈귀까지 동원된다. 흔적을 찾기 위해 '지능계 형사들이' 탐문수사를 벌이는 형국이다. '화석'이 되지 못한 '먼지는 죽어서도 날아다닌다'고 했다.

학창시절, 우리는 아무리 청소를 해도 먼지는 쌓이고 흔적은 남는다는 것을 잘 알고 있다. '오염, 정화, 화석'과 같은 용어로 시인은 어떤 문제해결을 위해 일련의 절차나 방법인 알고리즘(algorism)을 동원한다. 그러나 정작, 시의 본령인 의미 있고 가치 있는 상상력으로 기술된 부분은 넷째 聯이다. '진공청소기로 먼지를 빨아들이다'가 이 '먼지들도 먼 훗날 언젠가는 별로 태어나겠지'라는 상상이다. 그래서 지금 '햇빛 속에 무수한 별들이 반짝인다.'는 견해 말이다. 이 시의 마지막 연은 그렇게 시적인 은유로 종결 된다. 그때껏 시인의 사물 인식 방법은 감성 보다는 이성적이고 과학적인 사고에 의존하였다. 만물을 쪼개고 쪼개면 결국 한 알갱이의 먼지로 남는다는 걸까? '먼지'라는 이름의 우주를 말 할 때, 작은 것 안에 큰 것이 들어있다는 문장이 가능하다 먼지는 쓸고 닦는 청소의 대상만이 아니라는 사고다. '먼지'는 가히 모든 것의 시작이요, 광대무변한 우주의 시작이라는 인식이다. 시인의 말대로 '언젠가는 별로 태어나겠지' 반짝이는 생각을 품어본다.


강바람 사이로 별빛이 내립니다
저만치 모퉁이 불 밝히고 서 있는 외등만
저린 발로 밤을 지새웁니다

시린 손으로 삭정이를 꺾던 누이야
우리가 살던 옛 동네 맑게 흐르던 개울물처럼
푸른 보리가 자라던 시절
강아지풀 하롱하롱 졸던
섬진강 변이 눈 감으면 보입니다
뒤란의 살구꽃, 복사꽃 흐드러지게 피고 져도

우리집은 늘 가난했지만
무논에 개구리 밤새워 울고
강변에 손톱 같은 패랭이꽃 지천으로 피는 동네
오뉴월 회화나무 꽃잎 눈송이로 날려 쌓이던
동구 밖 향그런 바람이 그립습니다

소 먹이러 가던 산비탈 굴참나무 숲 다람쥐와
부엉이바위에서 소나기를 피하던 어린 시절
섬진강 변에서 올망졸망 별똥별을 줍던
솔방울 같은 향수가 초가지붕 박넝쿨 따라 함께 뻗어갑니다

   – 섬진강, 전문


   아무렴, 섬진강은 시인의 감성에 풍부한 영양을 제공해 준 최고의 젖
줄기였다. 그의 고향인 광양은 섬진강 주변으로 재첩 잡이는 물론, 사
계절 강변을 따라 묻어둔 유년의 추억이 꿈에도 못 잊는 시름으로 예
저기 곳곳에 나타난다.
   '강바람 사이로 별빛이 내리면' 저만치 모퉁이 외등外燈만 홀로이 밤
을 지새운다. 그것도 '저린 발'로 지새우니 아린 듯 마음마저 아프겠
다. 마른 가지 '삭정이 꺾던 누이'는 푸른 보리 자라던 시절과 대비되면
서 '옛 동네로 개울물처럼' 흘러간다. 시인의 집은 늘상 가난했지만 '무
논에 개구리 밤새워 울고' 살구꽃, 복숭아꽃, 패랭이꽃 지천으로 피어
가난한 설움을 달래 주었다. 소 먹이고, 부엉이 바위로 소나기 피하고
별똥별, 솔방울, 초가지붕 박넝쿨의 추억, 이 모든 것이 어린 날 따라
다니던 동구 밖 유년의 풍경들로 묘사된다. 유년시절의 기행은 늘 애

잔한 첫사랑의 기억처럼 설레고 벅차고 아리고 슬프다.

  강은 그렇게 찬 것, 따뜻한 것, 가난한 것, 부자인 것 가리지 않고 골고루 유연하게 세인의 마음속으로 흐른다. 잔잔한 그 물줄기는 말없이, 저 멀리, 그렇게, 고요히 내 맘의 강물처럼 지나온 발자국 마다 마음 아파도 고향의 섬진강으로 흘러가고 있다. 이제 시인의 강심江心은 원근법으로 투사되어 '동구 밖 향그런 바람' 맞으려고 유년의 개울을 기다리고 있다. 잠자던 고향이 시인의 마음을 움직였다.


인생이 무엇이냐고
어떻게 사는 것이 잘사는 거냐고
철학적으로 내게 묻지 말고
저 가을 강에 가 물어 보아라

비 오는 날은 왜 술맛이 좋으냐고
귀뚜라미는 왜 달밤에 더 큰 소리로 우느냐고
내게 묻지 말고
물은 흐르지 않고 물소리만 청량한
저 비슬산 돌강에 가 물어 보아라

우리나라가 왜 부패지수 세계 9위에 올랐냐고
청년들이 왜 희망을 잃었느냐고
내게 따지듯이 묻지 말고
저 여의도 한강에 가 물어 보아라

태백산 검룡소 샘물은 맑기만 한데

역류하지 않는 강은 말이 없고
내가 서 있는 바닥을 보고도 바닥이 어디냐고
내게 묻지 말고
햇살 사각으로 쏟아지는 봄 물든 강에 가 물어 보아라

    - 저 강에 가 물어보아라, 전문


    이 시의 전개는 사뭇 철학적이고 현학적이다. 잠언과 격언과 같은 경계의 언어가 도처의 행간에 번득인다. 끝없이 묻고 끝없이 답한다. 누군가 대놓고 물었다. '앎은 무엇이냐'고. 두개골을 강타당한 자는 딱 잘라 말한다. 앎은 삶이요, 삶은 계란이라고. 차라리 툭 불거진 우문현답이 낫지 않은가 자문해 보지만, 그도 명쾌한 결론은 아니기에 씁쓸하다. 4연의 마지막 행은 '물어보아라'고 다그치듯 주문하는 것으로 종결짓고 있다. '인생이 무엇이냐고, 어떻게 사는 게 잘 사는 거냐고' 이를테면 저문 강에 삽을 씻고 물어보란다. 아니, 울음이 타는 '저 가을 강에 가서' 타는 노을 바라보며 물어 보란다.

    이런 말은 알고 있다. 질문을 잘하면 절에 가도 젓국을 얻어먹는다고. 젖어미의 동냥이 다리 밑에서 주워온 유복자를 기다린다고. 질문을 기다리는 스승은 수도승이 아니라 자연의 강江이다. 가을 강, 돌강, 한강, 봄 물 든 강 등 강의실은 달라도 묻는 자는 다 이유가 있고 개연성이 있다. 술맛과 귀뚜리 소리는 돌강에게, 부패지수와 청년의 좌절은 한강에게, 태백산 검룡소 샘물의 근원은 봄 물 든 강에게 각각 애타도록 마음에 서둘지 말고 물어 보란다. 하루아침에 얻어지는 답이 아니다. 두고두고 면면히 꾸준히 공부하고 노력해야 체득하는 와신상담臥薪嘗膽의 산물들이다. 오늘도 말없이 강은 흐른다. 유유히 숨겨진 진

실을 역사의 강물은 알고 있다


　　바스락바스락 말라비틀어진 낙엽을
　　한 땀 한 땀 박음질 하던 손길
　　자신의 몸에 쌓인 적설량으로 추운 겨울을 나고
　　이른 봄 피던 雪中梅
　　수도꼭지 하나 없는 낡은 집
　　처마 끝 풍경소리 같은 희미한 오촉 전구가
　　술 취한 아버지를 맞이하고
　　마당귀 제철에 피고 지던 맨드라미
　　눈 먼 지팡이 세상을 더듬듯
　　힘줄 좋은 한들 삭아서 흘러가고
　　바늘귀에 실을 꿰며 자신의 손가락을 박음질할 때
　　손가락 끝에 피던 붉은 나리꽃
　　문살에 창호지를 새로 발라 등잔불을 켜도
　　문풍지를 흔들며 등뼈를 깎고 가던 시린 바람 소리
　　트라우마 환청을 울리는 전화벨 소리
　　주머니 없는 자신의 수의를 만들어 놓고
　　안개 바다에 홀로 떠 있는
　　한 척의 무동력 돛단배

　　– 어머니의 재봉틀, 전문


바늘에 실을 꿰어 생활용품을 짓던 봉제 기계가 재봉틀이다 지금은 구시대의 산물이 되었지만, 어린 시절 어머니의 재봉틀을 기억하는 김세홍 시인은 아날로그 시대의 정취를 '재봉틀' 기구에서 끌어낸다. 어머니의 삭정이처럼 마른 손으로 '한 땀 한 땀 박음질하던 손길'을 기억해 낸다. 눈보라 모진 겨울 이겨내고 얼음 속에서도 꽃피는 설중매를 닮은 어머니는 뉘게나 장한 이름이다. '수도 꼭지 하나 없는' 찢어지게 가난하던 집, 그래도 거나하게 취한 아버지를 기다리는 건 오촉 전구처럼 가물가물한 어머니의 지아비 사랑이다. '눈 먼 지팡이 세상을 더듬듯' 바느질에 몰입하시다가 아뿔싸! 제 손에 박음질하는 것도 모른 채 재봉틀을 돌리시던 어머니의 손끝은 피로 붉게 물든 나리꽃이 피었다니!

　마침내 임종 무렵의 어머니는 자신의 죽음을 예견하듯 '주머니 없는 수의壽衣를 만들어 놓고' 세상에 아무런 여한도 없이 '안개바다에 홀로 떠있는' 돛단배처럼 어디론가 돌아오지 않는 항해를 준비하고 계셨다. 솔기 터진 생을 마름질하고 또 꿰매기를 수없이 모진 고생만 하신 어머니에 대한 시인의 헌사獻辭다. 아직도 '문풍지를 흔들며 등뼈를 깎고 가던 시린 바람소리가' 바늘귀에 실을 꿰며 재봉틀을 돌리시던 시인 어머니의 환청으로 들려온다. 시의 행간마다 어머니의 재봉틀 박음질 소리가 시인의 무딘 감성을 깨우고 간다.


　소란스러운 어제가
　깊은 잠에서 깨어나는 샐녘
　잠든 세상 밖으로 새벽달 빈 길에 이지러지면
　벽을 깨고 새롬으로 열어보는 窓

　신은

청무우빛 신선한 하루를 선물한다
어제의 강물이
오늘의 강물이 아니듯
저 산등성이 억새 허옇게 센 머리채를 잡고
선들리는 동살을 보라 한다
이 날계란 같은 신선한 새벽을
새벽동자처럼 맛있게 요리해 보라 한다

때론, 우리네 인생도 찬비에 젖고
별들도 얼음 박힌 강물 위로 몸을 던지는 밤들이 오지만
흰 눈 속 참대 같은 기상으로 일어나
새벽 강물에 몸을 씻고
밤새 어둠의 시간을 밀어내며 새벽으로 달려 온
저 十二星座 반짝이는 눈을 보라 한다

신은 모든 이에게 공평하여
플랫폼을 빠져나가는 첫 기차의 힘찬 기적 소리 같이
새물내 나는 새벽의 문을 열고
첫 국밥 같은 시간을 밀고 나가 보라 한다

  - 햇새벽, 전문


  햇새벽은 날이 밝을 무렵 여명의 동 트는 시간이다. 시인에게 햇새
벽을 알리는 단어들은 모두 상큼하고 신선하다. 샐녘, 새롬, 청무우빛,
날계란, 새벽동자, 12성좌, 새물내, 첫국밥 등 하나같이 새날을 개시하

는 새벽의 신호와 징후들이다. 성서 속 시편 기자의 목소리도 원음의 박력으로 들려온다. "내 영광아, 깰 지어다 비파야, 수금아 깰 지어다 내가 새벽을 깨우리로다."

새벽(dawnbreak)을 생각해 본다 눈을 부비고 일어나듯이 어둠 속에서 모든 사물들은 서서히 그 형태를 띠기 시작한다. 비록 낡은 것이라 할지라도 새벽녘에 보는 것은 껍질을 벗긴 과일처럼 싱싱하고 새롭다. 환한 대낮보다 새벽이 더 아름다운 이유는 아직 그 밝음 속에 어둠이 남아있기 때문이다. 새벽과도 같은 사람은 어떤 유형일까? 언어의 덫으로는 설명할 수가 없다. 새벽은 시인이고 빠끔 열린 꽃이고, 가지를 떠나는 날개이다. 활시위를 떠나는 화살이다. 김 시인의 '햇새벽'엔 다양한 변형과 variation의 변주곡이 울린다.

'벽을 깨고 새롬으로 열어보는 창, 청무우빛 하루, 날계란 같은 새벽, 새벽동자, 12성좌의 눈, 첫 기차의 기적소리, 새물내 나는 새벽의 눈, 첫 국밥 같은 시간' 무릇, 새벽의 표정과 몸짓은 잠든 영혼을 깨우는 시인의 창조적인 '새물내' 나는 언어들인 것이다.


찬비에 발끝까지 시려온다
어디로 갈까

한때, 까만 씨앗 하나 영글어보자고
새벽부터 늦저녁까지 비 맞으며
이 악물고 살아온 날도 힘없이 허물어지고

이제,
"너는 흙에서 왔으니 흙으로 돌아가거라,

어서 가거라, 가서
밤하늘에 빛나는 별이 되거나
천개의 바람이 되어라"
나무는 삭정이 부러뜨리며 채찍질 한다
나무에는 또 하나의 생이 떨어진다
빙설리에 무구巫具* 반짝인다


– 낙엽, 전문


*무구 : 무당이 굿할 때 쓰는 도구


　낙엽을 태우면서 죽어버린 꿈의 껍질에 대하여 사유思惟한 시절이 있
었다. 그때 푸른 잎사귀는 '까만 씨앗 하나 영글어 보자고' 이를 악물고
나무에 붙어 있었다. 그러나 어느덧 갈바람에 낙엽은 지고 노쇠하여 흙
이 되고 먼지가 되어 다시 본래의 흙속에 파묻혀 버리는 이치를 깨닫게
되었을 때는 이미 중년을 훨씬 넘은 나이였다. 진흙으로 빚어진 질그릇
같은 육신은 상처투성이로 짧은 생을 마치고 혹여 밤하늘에 빛나는 별
이 되거나 천개의 바람이 되면 좋겠지만, '나무는 삭정이 부러뜨리며' 나
뭇꾼의 땔감으로 아궁이에서 활활 타는 신세가 되기도 한다. 그러다가
이승의 생이 다하면 넋이라도 있고 없고 어떤 오구의 굿거리로 혹은 무
구巫具의 푸닥거리로 반짝이는 허영에 들뜬 삶을 살아가는 것은 아닐
까? 시인은 낙엽이 죽음으로 별이 되어 또 하나의 생을 부여받고 새 생
명을 잉태하길 기도하고 있는 지도 모르겠다. 그러나 '낙엽'은 이미 나
무로부터 떨어진 잎이다. 시인은 낙엽의 생성, 발전, 소멸의 원리를 생
의 허무의식에 맞추고 있다. 그러나 그 허무는 아무 것도 없음이 아니라

'또 하나의 생이 떨어지는' 거듭나는 허무를 말한다.


　　　그녀가 한 떨기 꽃이었을 때
　　　골 깊은 산골에 궁핍한 신접살림
　　　꽃이 꽃을 낳고
　　　세월 앞에 진정 자신은 마른 갈대로 시들어 가는 몸

　　　달빛도 시드는 시름 깊은 가을 산 속
　　　울음 깨문 입술 빛바랜 낙엽되고
　　　꽃에도 체념의 시간은 있었을 것이다

　　　가난을 데리고 들어간 움막에 매달린 노각처럼
　　　주름진 세월에 몸도 삿아 깎이고
　　　뼈마디마다 통풍 앓는 몸도
　　　한때는 꽃이었지
　　　가랑비 주렴 너머로 생의 파문은 사라지고
　　　푸성귀들이 문지르는 시간 속에 굽어진 몸
　　　꽃 피우는 일이 어디 쉽겠는가
　　　눈발처럼 날리며 허공에 인동초 하나 피우는 일

　　　온 생을 받쳐 꽃 한 송이 피우다 짙어가는 황혼

　　　- 꽃 피우는 일, 전문

핀다는 것의 참된 의미는 무엇일까. 한 겨울동안 잠들어있던 구근球根에서 여린 생명이 터져 나올 때의 긴장감, 핀다는 것은 침묵이 있었다는 것이다 핀다는 것은 미리 그 앞에 죽음이 있었다는 것이다. 무엇인가가 피어나기 위해서는 그보다 먼저 어둠이 있어야 하고 닫혀지는 것, 숨겨져 있는 것, 결핍과 고통과 無가 있어야만 한다. '그녀가 한 떨기 꽃이었을 때'는 산골에서 '궁핍한 신접살림'을 하던 때였다. 젊은 꽃이 어린 꽃을 낳고 세월 앞에 어미꽃은 점차 '갈대로 시들어가는 몸으로' 여자의 일생을 완성해 간다. '시름 깊은 가을 산속'에 살면서 '울음 깨문 입술의 빛바랜 낙엽'의 시간이 왔을 때는 생을 체념하고 싶은 아픔도 있었다. 흙덩이처럼 말라 굳어버린 구근을 보지 못한 사람은 꽃들이 피어나는 참된 의미를 알 수 없을 것이다. '가난을 데리고 들어간 움막에 걸린 늙은 오이처럼' 어느새 주름진 세월은 뼈마디가 쑤시는 통풍 앓는 몸이 되었다. 그렇게 늙은 어미도 한때는 꽃이었다. '생의 파문'으로 '푸성귀'의 시간은 사라졌지만, 자식들과 지아비 위해 소신공양燒身供養 '온 생을 받쳐 꽃 한 송이 피우다' 맞이하는 황혼, 핀다는 것은 바깥으로 생명을 연다는 것, 안이 있어야 바깥이 있듯이 질 줄 아는 자만이 비로소 필 줄을 안다.


나무가 없는 사막에 바람이 찾아온다
사막은 바람이 불어 올 때마다
제 몸을 뒤집어 한 발자국씩 사막을 건넌다
달빛과 별빛, 죽은 짐승들의 등뼈를 엮어
사막은 모래성을 쌓는다
모래성은 한 점 바람 앞에 등불처럼 맥없이 허물어진다

사막을 건너는 것은
돌이킬 수 없는 단 한 번의 모험
바람이 찍어 놓은 물결무늬
사막여우가 울던 모래언덕에
또 하나 모험가의 생이 묻힌다

명징한 의식도 허무의 노래가 되는 곳
찰라와 영원의 강이 흐르는 곳

목 타는 갈증 해소를 위해
사막은 제 몸 속 깊은 곳에 우물 하나 판다
두레박에 드리워진 삶의 편린들
지평선 끝에 걸린 일몰의 저녁으로 어둠이 깃든다

— 사막, 전문


  순례자는 그가 사모하는 집에 가고자 온갖 고생을 감내堪耐해야 한
다. 빈들이나 사막에서 그의 몸이 상하거나 곤할지라도 참고 인내하며
저 멀리 뵈는 그만의 '거룩한 城을 찾아가는 길에 고비苦悲 사막을 지
나는 경우도 허다하다. 살다보면 시인의 숲에도 풍우대작風雨大作의
시련이 온다. '나무가 없는 사막에 바람이 찾아온다.' 그럼에도 굴하지
않고 '제 몸을 뒤집고 죽은 짐승들의 등뼈를 엮어' 모래성을 쌓는다. 맥
없이 허물어지지만, '사막의 여우'처럼 모험가의 생을 엮는다. '명징한
의식도 허무의 노래'를 부르고 찰나에서 영원으로 잇닿은 곳, 결국 목
마른 갈증 해소를 위해 '제 몸 속에 우물 하나' 파고 심령의 두레박을 깊

이 드리워 지평선 일몰에 사라지는 삶의 편린片鱗을 건져 올리는 혜안을 갖기에 이른다. 그때야 비로소 사막은 시인에게 '낙타의 언어'를 줄 것이다. '시인의 언어여, 다시 무거운 생의 짐을 지고 일어나라. 아무리 지평이 멀어도 너는 갈 수가 있다. 갈증을 이기고 모래바람을 막으며 너는 저 생명의 녹지를 향해 나아갈 수가 있다'고.


아침이 되면 아버지는 파랑새 되어
어디론가 날아 갔다가
어스름 내리는 골목길로 돌아오시곤 하셨지
오라는 곳은 없어도 백 리 밖까지
갈 때가 많은 상팔자셨지

아침이면 햇살에 벙그러지는 나팔꽃밭으로
저녁이면 노란 달맞이꽃밭으로
밤이 늦도록 밤이슬에 발목을 적시며
달뜨는 개울 징검다리를 건너
낭만 취객 보릿고개를 잘도 넘으셨지

밥상에 밥이 식어가면
아랫목 이불 속에 밥을 넣어두고
국이 식어가면 화롯불에 데워가며
하얀 동치미무우를 부엌칼로 싹둑싹둑 썰어 가며
어머니는 새리 밤 발걸음 소리에
가시처럼 귀를 세우다가도
먼 산 부엉이도 잠드는 자시를 넘어서면

가로등도 어두운 골목 모퉁이를
발이 푸석한 인생 꼬들꼬들해지는 새벽까지
가로등 밑에 달처럼 아버지를 기다리셨지

이제는 영락의 안식을 얻어
아버지는 어느 깊은 바닷 속 고래 되어 잠드셨지
어머니는 희미해져가는 가로등 아래
만월로 늘 기다리셨지

– 고래와 달, 전문


　시인의 아버지는 생전에 술고래로 낭만취객의 삶을 살다 가셨다. 술
집 이름도 나팔나팔 벌어진 '나팔꽃집'이나 단골손님을 기다리는 '달맞
이 주점'으로 아버지를 유혹한다. 아침부터 파랑새 담배를 피우며 주객
여행을 나섰을까? '오라는 곳은 없어도 백리 밖까지' 원정을 나가셨다니
상팔자 上男子였던 게 틀림없다. 술시간은 '밤이슬에 발목을 적실 때'까
지 이어졌으니 주정뱅이 남편을 기다리는 에미 속은 밤새 새까맣게 타
들어만 갔을 것이다. 목을 빼고 기다리는 심정은 '밥상 아랫목 이불 속
의 밥'이 말해준다 화롯불에 식어가는 국을 데워가며 혹시 숙취라도 달
래 줄 시원한 동치미무우 국물을 준비해 놓고 지아비를 기다렸건만 부
엉이도 잠드는 子時를 넘어 새벽까지도 안 오신다. 가로등 밑에 망부석
처럼 술고래 아버지를 기다리는 어머니, 이제는 두 분, 영락의 안식을
얻어 아버지는 심해의 고래 되어 잠 드시고 어미는 가로등 아래 만월로
기다리셨다는 시인 부모의 서사가 애처로운 심사로 전해온다. '고래와
달'에 얽힌 부모의 신화는 시인의 감수성을 깨우고 따스함과 눈물이 있

는 분위기 속에서 시인의 어머니는 식탁 위에 모성의 언어를 마련하고 시를 쓰는 시인 아들과 닮았다. 이것이 시가 시인에게 베풀 수 있는 최대의 보상일는지는 모르겠지만 말이다.


세상으로 나갈 때
네 몸 중심에 굵은 대못 하나 박아 넣으라
지구 위를 걸을 때는
지구본처럼 둥글게 낮아져야 한다
스스로 자전하기 위해서는
실패를 두려워 해서는 안된다
채찍을 두려워 마라
채찍은 피요, 살이며
얼음 박힌 세상에서 스러지지 않고
빙글빙글 돌게 하는 힘이니라
채찍을 맞아 시퍼렇게 멍든 피멍이 가실 때쯤
너도 도는데는 달인의 경지에 올라
얼음판, 손바닥, 돌계단, 대청마루 나이테 위에서도
직립으로 살아갈 수 있을 것이다
그땐 너 스스로 너에게 채찍질하며
쓰러지지 말고 살거라

– 팽이, 전문


'팽이'란 시에서 시인의 알레고리(allegory)적 표현 방식은 최고조에

달한다. 팽이의 메시지 효과를 위해 김 시인은 직설적으로 표현하지 않고 우의적愚意的인 방법을 택했다. 시의 첫줄부터 시인은 세상을 향한 팽이의 출정식을 거행한다. '세상으로 나갈 때 네 몸 중심에 굵은 대못 하나 박아 넣어라' 스스로 자전하기 위해서는 실패를 두려워해서는 안 되며 꼿꼿이 오래 서기 위해서는 '채찍을 두려워 마라'고도 했다. 거기에 더해 '채찍은 피와 살이요, 빙글빙글 돌게 하는 원동력'이라고 덧붙인다. 채찍을 죽도록 맞아 피멍이 가실 때쯤에야 달인의 경지에 오르는데, 그렇게 피나는 고행과 훈련을 마치고 나면 얼음판, 손바닥, 돌계단, 대청마루, 나이테 위에서도 직립으로 자신 있게 살아갈 수 있다는 것이다.

시의 포인트는 종장에 배치하여 반전을 도모하였다. 무엇보다 스스로에게 관대하지 말고 가혹하게 채찍질하여 자강불식自强不息의 자세를 견지하라는 것이다. 이쯤 되면 '연탄재 함부로 차지 마라'는 식의 잠언과 계몽적인 성격이 짙다. 쇠로 심을 박아 만든 팽이를 사물에 빗대 우의적으로 표현하고 있으면서 채찍팽이는 채찍으로 계속 치는 힘에 의해 돌아간다는 원리를 행간에 숨겨 놓았다. 처음에는 비스듬하게 기운 채 원을 그리며 돌다가 이내 똑바로 혼자 독자적으로 돌게 된다. 달리는 말에 채찍을 가하면 가속이 붙을 것이다. 채찍으로 치는 한 정지하지 않고 오래 똑바로 돌게 된다는 사실이 시인이 함유含有하고자하는 '팽이'의 알레고리다.


화성과 수성 사이 집을 짓고
칠 천겁의 인연을 기다린다

(중략)

은빛 날개를 접고
웅크리고 있는 검은 눈
생은 낡아 허물어지고
진동 없는 빈집에 바람이 분다

- 거미집, 부분


　거미집 짓고 '칠천겁의 인연을 기다린다' 모든 존재는 인연에 의해
생겼다가 인연에 의해 멸한다. 특히 시절인연은 모든 사물의 현상이
시기가 되어야 일어난다. '시절 인연이 도래하면 자연히 부딪쳐 깨쳐
서 소리가 나듯 척척 들어맞으며 곧장 깨어나 나가게 된다.'라는 신묘
한 구절에 연유한다.
　시인이 언급한 '칠천 劫'은 무한히 긴 세월이다. 劫은 천지가 개벽할
때부터 다음 개벽할 때까지의 무한이라니 억겁의 세월을 건너 온 인연
이란 대체 무엇일까? 최인호는 그의 에세이 '인연'에서 자식들에게 어
떤 유언을 남길 것인가? 자식들을 얼마나 사랑했는지 전해주는 일과
오랜 세월 자식들의 가슴에서 잊히지 않을 아름다운 언어로 남아야 진
정한 유언의 의미라는 말로 '인연'을 대신했다.

　시인은 '화성과 수성 사이 집을 지어 놓고' '칠천 겁의 인연'을 기다린
다. 기다리는 동안 '생은 낡아 허물어지고' '진동 없는 빈 집에 바람이
분다.' '칠천 겁'의 시간은 참으로 상상 불가의 시간이다. 2천겁의 세월
이 지나면 하루 동안 동행할 수 있는 기회가 생기고, 5천겁의 인연이
되면 이웃으로 태어날 수 있고, 6천겁이 넘는 인연이 되어야 하룻밤을

같이 잘 수 있게 된다고 한다. 그러면 억겁의 세월을 넘어서야 평생을
함께 살 수 있게 된다고 하니 '억' 소리 나게 놀라울 뿐이다 그런 까닭
에 시인의 상상력은 그 귀한 인연을 만나기 위해 거미줄에 '은빛 날개
를 접고 웅크리고 있는 검은 눈'으로 무한정 기다릴 수밖에 없잖은가.


  해가 지는 바다는
  무슨 곡조가 그리 슬퍼 온통 핏빛인가

  목숨줄 끊어지듯 절규하는 태양
  가차없이 목을 죄는 시간 속에
  바다는 멍든 눈흘김으로 파르라니
  일어섰다 부서진다

  이별은 아름다워야 한다고
  천만 번 이마를 부딪쳐 절벽을 깎는 거라고

  낙조는 몸을 불살라
  땅거미 속으로 사라진다

  – 낙조, 부분


'낙조'를 은유하는 작가의 단어 선택은 핍진하다. '핏빛, 목숨 줄, 절규,
멍든 눈 흘김, 이별, 절벽, 땅거미'가 그렇다. 낙조落照는 한마디로 '지
는 햇빛'이다. '일몰, 석양, 노을'은 어딘가 쓸쓸한 동의어 군群이다. 여기

서 시인의 문장은 처절하다 '무슨 곡조가 그리 슬퍼 온통 핏빛인가', '목
숨 줄 끊어지듯 절규하는 태양하며 '멍든 눈 흘김' 등등 알고 보니 시인
에겐 '이별'의 징후가 내재해 있었다. 그러면서 헤어져 뒷모습을 보이며
위무慰撫하는 이별은 아름다워야 한다고 '천만 번 이마를 부딪쳐 절벽을
깎는 거'라고 고뇌의 순간을 가감 없이 드러낸다. 아예 '몸을 불살라' 붉
은 노을 '땅거미 속으로 사라지라'고 애원까지 한다. 시인의 내밀한 경험
을 토대로 산출한 시였다면, 글쎄 가야할 때가 언제인가를 분명히 알고
가는 이의 뒷모습은 아름답다고 하지만, 그러나 결별의 차가운 샘터엔
언제나 돌아선 영혼의 슬픈 눈과 허망한 그림자가 서성일 뿐이다. 하롱
하롱 벚꽃 잎이 지는 날이었다면 그날이 바로 하마 꽃잎에 더친 상심傷
心의 날이 아니었을까?


　　소년은 울산포구에 앉아 바다를 바라보았다


　　(중략)


　　대학 고대유물조사단은 원효대사가 수행했던
　　반구대 터를 탐사하기 위해 대곡천 계곡을 찾아왔다
　　경주 최 노인은 탑이 있었던 흔적과
　　깎아지른 절벽 아래 희미한 그림이
　　새겨져 있다고 했다
　　최 노인이 가리키는 손끝에서
　　희미하게 남아 있던 반구대 암각화가
　　육천 년의 깊은 잠에서 깨어났다

고래는 다시 유영하고
산양은 깎아지른 절벽을 기어오르고
멧돼지는 숲을 달린다

－ 반구대 암각화, 부분


　울산 태화강의 한 지류인 대곡천 바위엔 동물과 사람의 다양한 형상과 고래잡이 모습을 한 그림들이 바위에 새겨져 있어 태고太古적 고고한 분위기를 자아낸다. 시인의 분신인 어린 '소년은 울산 포구에 앉아 바다를 바라보았다' 고래잡이 떠난 아버지를 마냥 기다리는 것이다 저물도록 아버지는 돌아오지 않고 소년은 마침내 돌을 쪼아 희망의 꿈을 새긴다. 좀 더 확연히 그림을 새겨 넣기 시작했다 반구대 암각화에 들어있는 바로 그 형상대로 그리기 시작한 것이다. 특히 다양한 고래 종류, 멧돼지, 늑대, 산양, 사슴도 그려 넣었다.
　그러던 어느 날 '대학 고대 유물 조사단'이 그 계곡을 찾아왔다. 그런데 이게 웬일인가! 경주 최 노인이 가리키는 손끝 절벽 아래쪽에서 '반구대 암각화'의 실체가 실로 '6천년만의 깊은 잠'에서 깨어났던 것이다. 그런데 과연, 경주 최 노인은 누구일까? 울산 포구에서 바다를 바라보며 꿈을 키우고 그림을 그리던 바로 그 고래 소년의 화신化身이 아니었을까? 믿음은 바라는 것들의 실상이다. 소년의 꿈은 구체화되어 시인이 되고, 고래는 다시 바다에서 유영하고 산양은 절벽을 기어오르고 멧돼지는 숲을 내달리는 것이다.
　우리 안에 '반구대 암각화'가 새겨져 있다. 그것은 삶의 가장 중요한 비밀로 진정한 내면의 소망을 수시로 보듬어 준다. 무의식의 깊은 곳으로 시인의 상상력을 인도하는 신성神聖(divinity)과도 같은 지엄至

嚴한 존재 영역이다.


　─호명한다
　유채, 목련, 찔레, 개나리, 진달래, 산수유,
　구슬붕이, 애기똥풍, 흰바람

　명령 1
　진달래는 개나리와 산수유를 조공으로 하여
　경상도와 전라도를 경계로 굽이치는 섬진강으로 상륙하고
　여수 영취산과 노령산맥 산등성이를 핏빛으로 물들이며
　강화도 고려산을 점령하라
　　(하략)


　　─ 전운이 감도는 한라산 기슭, 부분


　　김세홍 시인의 다양한 시편 가운데 가장 특이한 경우는 역시 '전운
이 감도는 한라산 기슭'이라는 시다. 시인은 현역시절의 군대경험을 살
려 전방의 적들에 대한 침투 명령이 아니라 순수무고한 자연의 꽃들에
게 작전 명령을 하달한다. 명령 1은 '진달래는 강화도 고려산을 점령하
라' 명령2는 '목련은 경복궁 경회루 뜨락을 꽃사태로 점령하라' 명령3은
'흰 바람꽃은 정선 아리랑 고개를 점령하라' 끝으로 제4는 민간 명령으
로 삶의 터전을 잃고 좌절한 이들을 위로하라는 것이다. 그리고 작전명
암호 '연두'(Yellowish Green)가 총괄 작전의 성격을 대변해 준다. '연두'
는 부드러운 보색이다.

어찌 보면 이런 희한稀罕한 명령을 군 체제 계통을 통해서 하달한다
는 상상 자체가 역발상이지만, 시인은 단호히 상상력의 이름으로 평화
의 꽃들을 호명하여 개화 작전을 감행한 것이다. 시인의 기발한 착상
덕분에 잠시나마 전운戰雲이 아니라 평온이 감도는 한라산 기슭이 될
것 같은 예감에 마음은 절로 행복해진다.

# 결

　이상에서 살펴본바와 같이, 김세홍 시인의 문학은 삶에 관한 것이며 그의 시는 결코 삶의 궤적을 벗어나지 않고 어떠한 부분, 어떠한 분야도 수용하면서 실체의 진실을 추구하려는 노력을 자신 안의 소우주에서 '블랙홀'의 먼 우주까지 뻗어나갔다. 그가 포용해야 할 詩的 공간 속에서 시인은 상황과 방식과 현상을 끈질기게 추구하지만, 생명의 본질과 삶의 본체에 대해서는 끝없이 질문을 이어갈 수밖에 없었다. 그것이 때로는 잠언과 경구와 같은 알레고리(allegory) 형식을 띠었다. 고향에서 야기되는 유년시절의 경험에서 시작하여 장성하며 서서히 무르익은 서사적 시각들은 결국 관념적인 이야기체 형식에 투신하는 모험을 유리한 고지로 만들어 주었다. 한마디로, 김 시인의 존재 방식은 질문이며 물음이다 '왜'라는 질문이 없으면 그의 문제는 없거나 종결되고 만다. 이 '왜'라는 질문자체가 그의 시를 지탱하게 해주는 근간이 되었다. 무엇보다 논리나 이론이 아닌 시인의 순수한 감성은 창조의 원동력이 되었다. 한 편의 글을 써내기 위해 '먼지' 쌓인 골방에서 진공 압착壓搾의 고독과 은둔의 시간을 가졌으리라! '팽이'처럼 우리네 삶은 중단되지 않고 지속될 것이기 때문에 우주에 이르는 '거미집'을 짓고 모든 생명들의 소망을 위해서라도 포기할 수 없는 그 무엇을 기다린다. 울산 포구에 앉은 '고래소년'처럼 말이다.

하지만, 지금은 방만한 언어의 시대다. 실시간 검색어 시대이며 SNS 답글의 홍수시대에 처해 있으면서 한편, 참 많은 말들을 우리는 잃었다 도처에 난무하는 언어들이 피를 흘리며 아우성치고 있다. 명상, 기도, 묵상, 관조를 포함하는 영적 수행이 없기 때문이다. 영성靈性(divinity)이 깃들이지 않은 언어에 미래는 없다. 화살기도 하듯 순간의 단상을 기도로 옮기듯 찰나의 직관을 짧은 시로 풀어내는 시대가 도래 하였음이다. 중언부언 긴 말은 영혼을 파먹는다. 옹알이 같은 언어를 찾아서 시의 혁명을 일으켜야 한다. 손바닥 안에 모바일 폰 하나로 전 세계 우주를 두루 여행하는 초고속 광속 시대다. 느림의 미학을 추구하는 문학의 본능을 이해하기에는 영속성 안에 내재하는 시간이 너무 유한적이다. 김세홍 시인의 과제는 이제부터 서사적인 산문시를 극서정시로 줄이는 일이라고 감히 말하고 싶다. 최근에 나는 15마디 안에서 끝나는 단 '넉줄시' 동인의 시들을 읽고 큰 충격을 받았다. 그렇다고 하루아침에 읍참마속泣斬馬謖으로 자신의 사지四肢를 절단할 수는 없는 노릇이다. 묵형墨刑으로 온몸에 시를 주홍글씨로 새기고 다닐 수도 없으니 '이젠 손바닥 안에 내 시가 한 눈에 들어오게 하자!' 이런 말을 끝으로 첫 시집을 꾸려내느라 애쓴 김 시인에게 첨언해주고 싶다.

정말 수고하셨다!

# 고래와 달

김세홍 시집

발 행 처 · 도서출판 **청어**
발 행 인 · 이영철
영　　업 · 이동호
홍　　보 · 이용희
기　　획 · 천성래
편　　집 · 방세화
디 자 인 · 이해니 | 이수빈
제작이사 · 공병한
인　　쇄 · 두리터

등　　록 · 1999년 5월 3일
(제1999-000063호)

1판 1쇄 인쇄 · 2019년 6월　1일
1판 1쇄 발행 · 2019년 6월 10일

주소 · 서울특별시 서초구 남부순환로 364길 8-15 동일빌딩 2층
대표전화 · 02-586-0477
팩시밀리 · 0303-0942-0478

홈페이지 · www.chungeobook.com
E-mail · ppi20@hanmail.net
ISBN · 979-11-5860-657-2(03810)

이 도서의 국립중앙도서관 출판시도서목록(CIP)은 서지정보유통지원시스템 홈페이지
(http://seoji.nl.go.kr)와 국가자료공동목록시스템(http://www.nl.go.kr/kolisnet)
에서 이용하실 수 있습니다.(CIP제어번호: CIP2019020376)